Tucholsky Wagner Zola Scott Sydow Freud Schlegel
Turgenev Wallace Fonatne

Twain Walther von der Vogelweide Fouqué Friedrich II. von Preußen
Weber Freiligrath Frey

Fechner Fichte Weiße Rose von Fallersleben Kant Ernst Richthofen Frommel

Hölderlin
Engels Fielding Eichendorff Tacitus Dumas
Fehrs Faber Flaubert
Eliasberg Ebner Eschenbach
Feuerbach Maximilian I. von Habsburg Fock Eliot Zweig
Ewald Vergil
Goethe Elisabeth von Österreich London
Mendelssohn Balzac Shakespeare
Lichtenberg Rathenau Dostojewski Ganghofer
Trackl Stevenson Doyle Gjellerup
Mommsen Tolstoi Hambruch
Thoma Lenz Hanrieder Droste-Hülshoff
Dach Verne von Arnim Hägele Hauff Humboldt
Karrillon Reuter Rousseau Hagen Hauptmann Gautier
Garschin
Damaschke Defoe Hebbel Baudelaire
Descartes
Hegel Kussmaul Herder
Wolfram von Eschenbach Dickens Schopenhauer
Darwin Rilke George
Bronner Melville Grimm Jerome
Campe Horváth Aristoteles Bebel Proust
Bismarck Vigny Barlach Voltaire Federer Herodot
Gengenbach Heine
Storm Casanova Tersteegen Grillparzer Georgy
Lessing Gilm
Chamberlain Langbein Gryphius
Brentano Lafontaine
Strachwitz Claudius Schiller Kralik Iffland Sokrates
Katharina II. von Rußland Bellamy Schilling
Gerstäcker Raabe Gibbon Tschechow
Löns Hesse Hoffmann Gogol Wilde Gleim Vulpius
Luther Heym Hofmannsthal Morgenstern
Klee Hölty
Roth Heyse Klopstock Kleist Goedicke
Luxemburg Puschkin Homer Mörike
La Roche Horaz Musil
Machiavelli
Navarra Aurel Musset Kierkegaard Kraft Kraus
Lamprecht Kind Kirchhoff Hugo Moltke
Nestroy Marie de France
Laotse Ipsen Liebknecht
Nietzsche Nansen
Marx Lassalle Gorki Klett Ringelnatz
von Ossietzky Leibniz
May vom Stein Lawrence
Petalozzi Irving
Platon Pückler Michelangelo Knigge
Sachs Poe Kock Kafka
Liebermann
de Sade Praetorius Mistral Zetkin Korolenko

Der Verlag tradition aus Hamburg veröffentlicht in der Reihe **TREDITION CLASSICS** Werke aus mehr als zwei Jahrtausenden. Diese waren zu einem Großteil vergriffen oder nur noch antiquarisch erhältlich.

Symbolfigur für **TREDITION CLASSICS** ist Johannes Gutenberg (1400 — 1468), der Erfinder des Buchdrucks mit Metalllettern und der Druckerpresse.

Mit der Buchreihe **TREDITION CLASSICS** verfolgt tradition das Ziel, tausende Klassiker der Weltliteratur verschiedener Sprachen wieder als gedruckte Bücher aufzulegen – und das weltweit!

Die Buchreihe dient zur Bewahrung der Literatur und Förderung der Kultur. Sie trägt so dazu bei, dass viele tausend Werke nicht in Vergessenheit geraten.

Die Geheimnisse der Fürstin von Cadignan

Honoré de Balzac

Impressum

Autor: Honoré de Balzac
Umschlagkonzept: toepferschumann, Berlin

Verlag: tredition GmbH, Hamburg
ISBN: 978-3-8472-4325-0
Printed in Germany

Honoré de Balzac

Die Geheimnisse der Fürstin von Cadignan

Nach den Katastrophen der Julirevolution, die das vom Hofe gestützte Vermögen vieler aristokratischer Häuser vernichtete, war auch die Fürstin von Cadignan gewandt genug, ihren vollständigen Ruin, der die Folge ihrer Verschwendung war, auf Rechnung der politischen Ereignisse zu schreiben. Der Fürst hatte Frankreich mit der königlichen Familie verlassen, aber die Fürstin blieb in Paris zurück; sie war nämlich eben infolge seiner Abwesenheit unangreifbar, denn die Schulden, für deren Tilgung der Erlös des verkaufbaren Besitzes nicht ausreichen konnte, lasteten nur auf ihm. Die Einkünfte des Majorats waren gepfändet worden. Kurz, die Angelegenheiten dieser großen Familie waren in ebenso schlimmem Zustand wie die des älteren Zweiges der Bourbonen. Die unter ihrem ersten Namen einer Herzogin von Maufrigneuse so berühmt gewordene Frau entschloß sich jetzt verständigerweise in tiefster Zurückgezogenheit zu leben; sie wollte vergessen werden. Paris wurde durch einen so schwindelerregenden Strom von Ereignissen mit fortgerissen, daß die Herzogin von Maufrigneuse, die in der Fürstin von Cadignan vergraben lag, bald in Paris gleichsam eine Fremde war, denn ihre Namensänderung blieb den meisten der neuen Schauspieler, die die Julirevolution auf die Bühne rief, unbekannt.

In Frankreich hat der Herzogstitel den Vorrang vor allen anderen, selbst vor dem Fürstentitel; und das, obwohl in der Theorie der Heraldik – ohne jede Sophistik – die Titel vollkommen bedeutungslos sind und zwischen allen Edelleuten unbedingte Gleichheit herrscht. Diese wunderbare Gleichheit wurde ehemals vom Hause Frankreich sorgfältig aufrechterhalten; und noch heute geschieht es, wenigstens zum Schein, dadurch, daß die Könige ihren Kindern einfache Grafentitel verleihen. Kraft dieses Systems parierte Franz I.

den Prunk der Titel, die sich der prachtliebende Karl V. beilegte, indem er eine Antwort mit dem Namen ›Franz, Freiherr von Vanves‹ unterschrieb. Ludwig XI. hatte noch mehr getan, indem er seine Tochter einem einfachen titellosen Edelmann namens Peter von Beaujeu vermählte. Von Ludwig XIV. aber wurde das Feudalsystem so gründlich gebrochen, daß der Herzogstitel in der Monarchie zur höchsten und beneidenswertesten Ehre der Aristokratie wurde. Trotzdem gibt es in Frankreich zwei oder drei Häuser, in denen der Fürstentitel, der ehemals mit reichem Besitz verbunden war, über dem Herzogstitel steht. Das Haus Cadignan, das für seine ältesten Söhne den Titel eines Herzogs von Maufrigneuse zur Verfügung hat, gehört zu diesen Ausnahmen. Wie ehedem auch zwei Fürsten aus dem Hause Rohan hatten die Fürsten von Cadignan das Recht auf einen Thron innerhalb ihrer Besitzungen; sie durften sich Pagen und einen Hofstaat von Edelleuten halten. Diese Auseinandersetzung war nötig, um einerseits die dummen Ausstellungen derer abzuwehren, die nichts davon wissen, und um andrerseits die großen Grundzüge einer Welt noch einmal festzulegen, die, so sagt man, untergeht und mit der so viele zu tun haben, ohne sie zu verstehen. Die Cadignans haben als Wappen im goldenen Felde fünf eng aneinandergeschobene und zum Balkenstreif geordnete schwarze Rauten; als Devise führen sie das Wort ›Memini‹; die Krone ist geschlossen und zeigt weder Schildhalter noch Helmdecke. Heute beginnt die große Menge von Fremden, die nach Paris strömen, und die fast allgemeine Unkenntnis in heraldischen Dingen, den Fürstentitel beliebt zu machen. Echte Fürsten sind nur jene, die begütert sind und denen die Anrede ›Hoheit‹ gebührt. Die Verachtung des französischen Adels für den Fürstentitel und die Gründe, die Ludwig XIV. dafür hatte, dem Herzogstitel den Vorrang zu geben, haben verhindert, daß Frankreich für die wenigen Fürsten, die es in Frankreich gibt, mit Ausnahme derer Napoleons, die Hoheitswürde beanspruchte. Daher sehen die Fürsten von Cadignan sich ihrer Anrede nach im Vergleich zu den andern Fürsten des Kontinents in untergeordneter Stellung.

Die Mitglieder jener Gesellschaft, die sich die Gesellschaft des Faubourg Saint-Germain nennt, begönnerten die Fürstin aus einem ehrfurchtsvollen Feingefühl heraus, das sie ihrem Namen – er gehört zu denen, die man ewig ehren wird –, ihrem Unglück, das man nicht mehr erörterte, und ihrer Schönheit, dem einzigen Rest ihres erloschenen Reichtums, verdankte. Die Welt, deren Zierde sie gewesen war, wußte ihr Dank dafür, daß sie gewissermaßen den Schleier genommen hatte, indem sie sich in ihrem Hause einschloß. Dieser Beweis guten Geschmacks war für sie ein noch ungeheureres Opfer, als er es für jede andere Frau gewesen wäre. Große Dinge werden in Frankreich stets so lebhaft empfunden, daß die Fürstin sich durch ihre Abschließung alles zurückgewann, was sie in der öffentlichen Meinung zur Zeit ihres höchsten Glanzes verloren hatte. Sie verkehrte nur noch mit einer einzigen ihrer ehemaligen Freundinnen, mit der Marquise d'Espard; und sie besuchte auch bei ihr niemals die großen Gesellschaften oder die Feste. Die Fürstin und die Marquise sahen sich in den frühen Morgenstunden und gleichsam heimlich. Wenn die Fürstin bei ihrer Freundin speiste, schloß die Marquise ihre Tür. Frau d'Espard benahm sich rührend gegen die Fürstin. Sie wechselte in der Italienischen Oper die Loge und nahm statt jener im ersten Rang eine Parterreloge, so daß Frau von Cadignan ungesehen ins Theater kommen und es unerkannt verlassen konnte. Wenige Frauen wären eines Feingefühls fähig gewesen, das sie des Vergnügens beraubte, eine gestürzte einstige Rivalin in ihrem Gefolge hinter sich her zu führen und sich ihre Wohltäterin zu nennen. So brauchte die Fürstin keine Toilette zu machen, die sie zugrunde gerichtet hätte, und fuhr heimlich im Wagen der Marquise mit, obwohl sie ihn öffentlich niemals angenommen hätte. Die Gründe, die Frau d'Espard für dieses ihr Verhalten der Fürstin von Cadignan gegenüber hatte, sind niemals bekannt geworden; aber auf jeden Fall war es heroisch und bedingte lange Zeit hindurch eine Fülle von kleinen Opfern, die einzeln gesehen als Kindereien erscheinen, in ihrer Gesamtheit aber etwas Gigantisches haben. 1832 hatten drei Jahre ihre Schneemassen über die Abenteuer der Herzogin von Maufrigneuse gedeckt und sie so weiß gewaschen, daß es großer Anstrengungen des Gedächtnisses bedurfte, wenn man sich der schweren Verschuldungen ihrer Vergangenheit erinnern wollte. Von jener Königin, die so viele Höflinge angebetet hatten und deren leichtsinnige Streiche die Kosten mehrerer Romane bestreiten konnten, war nichts übriggeblieben als eine noch entzückend schöne Frau; sie war sechsunddreißig Jahre alt und brauchte doch erst dreißig zuzugeben, obwohl sie die Mutter des Herzogs Georg von Maufrigneuse, eines jungen Mannes von neunzehn Jahren, war. Dieser Sohn war schön wie Antinous und arm wie Hiob; seine Zukunft mußte ihm deshalb die größten Erfolge bescheren, und seine Mutter wollte ihn vor allem reich verheiraten. Vielleicht war diese Absicht das Geheimnis ihrer Vertraulichkeit mit der Marquise, deren Salon als der erste von Paris galt und bei der sie sich eines Tages unter den Erbinnen eine Frau für Georg aussuchen konnte. Noch sah die Fürstin fünf Jahre vor sich, ehe ihr Sohn heiraten konnte; öde und einsame Jahre, denn wenn eine gute Heirat zustande kommen sollte, mußte ihr Verhalten den Stempel der Klugheit tragen.

Die Fürstin bewohnte in einem Hause der Rue de Miromesnil ein billiges Erdgeschoß. Dort hatte sie die Überreste ihres einstigen Prunkes zur Geltung gebracht. Immer noch lag über ihren Räumen der Hauch jener Eleganz der großen Dame. Sie war von all den schönen Dingen umgeben, die auf ein Dasein der Höhe deuten. Über ihrem Kamin hing ein wundervolles Miniaturgemälde von Frau von Mirbel, ein Bildnis Karls X., das in seinem Rahmen die Worte: ›Geschenk des Königs‹ eingegraben trug. Das Seitenstück dazu bildete ein Bildnis der Königin, die sich ihr gegenüber so besonders liebenswürdig gezeigt hatte. Auf einem Tisch prunkte ein Album von allerhöchstem Wert, wie es keine der Bürgersfrauen, die augenblicklich in unserer industriellen und lärmenden Gesellschaft thronen, auszulegen wagen würde. Eine solche Verwegenheit kennzeichnete die ganze Frau wunderbar. Das Album enthielt Bildnisse, unter denen sich etwa dreißig vertraute Freunde befanden, die die Welt ihre Liebhaber genannt hatte. Diese Zahl war eine Verleumdung; höchstens bei zehn von ihnen handelte es sich, wie die Marquise d'Espard sagte, um eine vielleicht begründete Nachrede. Die Bildnisse Maximes de Trailles, de Marsays, Rastignacs, des Marquis d'Esgrignon, des Generals de Montriveau, des Marquis von Ronquerolles und d'Ajuda-Pinto, des Fürsten Galathionne, der jungen Herzoge von Grandlieu und Rhétoré, des schönen Lucien von Rubempré und des jungen Vicomte von Sérizy waren übrigens von den berühmtesten Künstlern in größter Zierlichkeit ausgeführt worden. Da die Fürstin nur noch zwei oder drei Angehörige dieser Sammlung empfing, so nannte sie dieses Album scherzhaft ›das Buch ihrer Irrtümer‹. Das Unglück hatte diese Frau zu einer guten Mutter gemacht. Während der fünfzehn Jahre der Restauration

8

hatte sie sich zu gut amüsiert, um an ihren Sohn zu denken; aber als die erlauchte Egoistin sich in die Verborgenheit zurückzog, sagte sie sich: wenn sie die Mutterliebe bis zum Äußersten trieb, so würde diese Mutterliebe ihre ganze Vergangenheit der Sünden lossprechen – eine Absolution, die jeder Mensch von Empfindung bestätigen mußte, da man einer ausgezeichneten Mutter alles vergibt. Sie liebte ihren Sohn um so inniger, als sie sonst nichts zu lieben hatte. Georg von Maufrigneuse gehört im übrigen zu jenen Kindern, die allen Eitelkeiten einer Mutter schmeicheln können, und so war es kein Wunder, wenn sie ihm jedes Opfer brachte. Sie mietete ihm einen Stall und eine Remise; und er wohnte in dem darübergelegenen Zwischenstock, der aus drei entzückend eingerichteten Zimmern bestand; sie legte sich selber vielerlei Entbehrungen auf, um ihm ein Reitpferd, ein Wagenpferd und einen jungen Diener halten zu können. Sie behielt nur ihre Zofe und als Köchin eins ihrer einstigen Küchenmädchen. Der Diener des Herzogs hatte jetzt einen etwas schweren Dienst. Toby, der ehemalige Reitknecht des verstorbenen Beaudenords, denn das war der Spaß, den der bankerotte Elegant der vornehmen Welt bereitete – jener junge Reitknecht, der mit fünfundzwanzig Jahren noch immer auf vierzehn geschätzt wurde – , mußte die Pferde striegeln, Coupé und Tilbury waschen, seinen Herrn begleiten, die Wohnung in Ordnung halten und bei der Fürstin im Vorzimmer stehen und die Besuche melden, wenn die Mutter seines Herrn einmal irgendeine hervorragende Persönlichkeit empfing. Wenn man bedenkt, welche Rolle unter der Restauration die Herzogin von Maufrigneuse, eine der Königinnen von Paris, deren glänzendes und luxuriöses Dasein vielleicht das der reichsten Modedamen von London in den Schatten stellte – wenn man bedenkt, welche Rolle sie damals gespielt hatte, so hat es etwas Rührendes, sie in ihrem bescheidenen Schneckenhaus der Rue Miromesnil zu sehen, wenige Schritte von ihrem ungeheuren Palast entfernt, der keinen Käufer fand, der reich genug gewesen wäre, um ihn zu bewohnen, und daher unter dem Hammer der Spekulation zertrümmert wurde. Jene Frau, für deren Bedienung kaum dreißig Dienstboten ausgereicht hatten, die die schönsten Empfangsräume von Paris besaß und die reizendsten kleinen Gemächer, und die so herrliche Feste gab, lebte jetzt in einer Wohnung von fünf Zimmern: einem Vorzimmer, einem Eßzimmer, einem Salon, einem Schlafzimmer und einem Ankleidezimmer, mit zwei Frauen zu ihrer Bedienung.

»Oh, sie ist reizend gegen ihren Sohn,« sagte die schlaue Marquise d'Espard, »und zwar ohne jede Affektation; sie ist glücklich. Man hätte nicht glauben sollen, daß eine so leichtsinnige Frau imstande wäre, so beharrlich an einem Entschluß festzuhalten, deshalb ermutigt unser guter Erzbischof sie auch; er ist gut gegen sie, und er hat die alte Gräfin von Cinq-Cygne überredet, ihr einen Besuch zu machen.«

Gestehen wir übrigens: man muß Königin sein, um in edler Weise abdanken und von einer hohen Stellung hinabsteigen zu können, die dennoch niemals ganz verloren ist. Nur jene, die das Bewußtsein haben, an sich nichts zu sein, bedauern ihren Sturz oder murren und reden von einer Vergangenheit, die niemals wiederkommt, weil sie sich sagen müssen, daß man nicht zweimal im Leben Erfolg hat. Da die Fürstin gezwungen war, den seltenen Blumen zu entsagen, in deren Mitte sie zu leben pflegte und die ihre eigene Erscheinung so reizend hervorhoben – denn es war unmöglich, sie nicht mit einer Blume zu vergleichen –, so hatte sie ihr Erdgeschoß vorsichtig ausgesucht, sie erfreute sich hier eines hübschen kleinen Gartens voller Büsche und mit einem Rasen, dessen Grün ihre friedliche Klause freundlich belebte. Sie mochte etwa zwölftausend Franken jährlicher Rente haben, und selbst dieses mäßige Einkommen bestand nur aus einer jährlichen Unterstützung, die die alte Herzogin von Navarreins, eine Vaterschwester des jungen Herzogs, zahlte und die bis zum Hochzeitstage des jungen Mannes laufen sollte, sowie aus einer zweiten Unterstützung, die die Herzogin von Uxelles ihr von ihrem Landgut aus schickte, wo sie sparte, wie nur alte Herzoginnen zu sparen verstehen, denn neben ihnen ist Harpagon ein Abc-Schütz. Der Fürst lebte im Auslande und hielt sich beständig seiner verbannten Herrschaft zur Verfügung; er teilte ihr Unglück und diente ihr als der vielleicht intelligenteste von allen, die sie umgaben, mit einer uneigennützigen Ergebenheit. Die Stellung des Fürsten von Cadignan schützte auch seine Frau in Paris. Bei der Fürstin hatte der Marschall, dem wir die Eroberung Afrikas verdanken, zur Zeit des Anschlags der Madame[1] in der Vendée

---

[1] Titel der Gemahlin ›Monsieurs‹, des Bruders des Königs.

seine Besprechungen mit den Hauptführern der legitimistischen Anschauung; so verborgen lebte die Fürstin, und so wenig weckte ihre Not das Mißtrauen der gegenwärtigen Regierung! Als sie den furchtbaren Bankrott der Liebe nahen sah, der beim Beginn der Vierziger einer Frau nur noch wenig übrigläßt, hatte sie sich der Königin Philosophie in die Arme geworfen. Sie, die sechzehn Jahre lang das größte Grauen vor allen ernsten Dingen zur Schau getragen hatte, – begann zu lesen. Heute sind Literatur und Politik für die Frauen das, was ihnen ehemals die Frömmigkeit war: ein letztes Asyl für all ihre Ansprüche. In den eleganten Kreisen sagte man, Diana wolle ein Buch schreiben. Seit die Fürstin aus einer hübschen und schönen Frau, bevor sie ganz vergessen wurde, eine geistreiche Frau geworden war, hatte sie den Empfang in ihrem Hause zu einer Ehre gemacht, die für den Begünstigten eine hohe Auszeichnung war. Durch solche Beschäftigungen gedeckt, konnte sie einen ihrer ersten Liebhaber täuschen, nämlich de Marsay, den einflußreichsten Mann der bürgerlichen Politik, die im Juli 1830 zur Herrschaft kam; ihn empfing sie bisweilen abends, während sich der Marschall und mehrere Legitimisten in ihrem Schlafzimmer leise von der Eroberung des Königreichs unterhielten, die ohne Mitwirkung des geistigen Frankreich nicht möglich war – und das war das einzige Element des Erfolges, das die Verschwörer vergessen hatten. Es war die allerliebste Rache einer hübschen Frau, dieses Spiel, das sie da mit dem Premierminister spielte: ihn zur spanischen Wand einer gegen seine eigene Regierung gerichteten Verschwörung zu machen. Dieses den schönen Tagen der Fronde würdige Abenteuer bildete den Text des geistreichsten Briefes von der Welt, eines Briefes, in dem die Fürstin Madame über die Unterhandlungen Bericht erstattete. Der Herzog von Maufrigneuse eilte in die Vendée und konnte heimlich zurückkehren, ohne sich bloßgestellt, wenn auch nicht ohne an den Gefahren von Madame teilgenommen zu haben; unglücklicherweise schickte sie ihn zurück, als alles verloren zu sein schien. Vielleicht hätte die leidenschaftliche Wachsamkeit des jungen Mannes den Verrat vereitelt. Wie groß in den Augen der bürgerlichen Welt das Unrecht der Herzogin von Maufrigneuse auch gewesen war, so hat das Verhalten ihres Sohnes es jedenfalls in den Augen der aristokratischen Welt getilgt. Es lag Adel und Größe darin, den einzigen Sohn und Erben eines historischen Hauses so aufs Spiel zu setzen. Es gibt Menschen, die gewissermaßen gewandt genug sind, Fehltritte des Privatlebens durch Dienste im politischen Leben wieder gutzumachen, und umgekehrt; aber bei der Fürstin von Cadignan lag keinerlei Berechnung vor. Vielleicht freilich darf man bei niemandem, der sein Verhalten so einrichtet, noch von Berechnung sprechen. Derlei Widersprüche ergeben sich zur Hälfte aus dem notwendigen Verlauf der Dinge.

An einem der ersten schönen Tage des Monats Mai 1833 gingen – man kann nicht sagen: promenierten – die Marquise d'Espard und die Fürstin gegen sieben Uhr nachmittags im letzten Schein der untergehenden Sonne auf dem einzigen Gang des Gartens, der um den Rasen herumführte. Die Sonnenstrahlen, die von den Mauern zurückgeworfen wurden, erwärmten die Lust in dem kleinen von Blumen – einem Geschenk der Marquise – durchdufteten Raum.

»Wir werden de Marsay bald verlieren,« sagte Frau d' Espard zu der Fürstin, »und mit ihm geht unsere letzte Hoffnung, daß der Herzog von Maufrigneuse sein Glück machen werde, dahin; denn seit Sie diesen großen Politiker so hübsch an der Nase herumgeführt haben, ist seine Neigung zu Ihnen wieder erwacht.« »Mein Sohn wird sich niemals mit der jüngeren Linie einlassen,« sagte die Fürstin, »und müßte er Hungers sterben oder müßte ich für ihn arbeiten. Aber wir haben Berta von Cinq-Cygne; sie haßt ihn nicht.« »Kinder«, sagte Frau d'Espard, »haben nicht die gleichen Verpflichtungen wie ihre Väter ...« »Darüber lassen sie uns lieber nicht reden,« unterbrach die Fürstin sie. »Wenn ich die Marquise von Cinq-Cygne nicht fangen kann, so wird sich mein Sohn mit der Tochter irgendeines Hüttenbesitzers verheiraten müssen, wie der kleine d'Esgrignon es gemacht hat.« »Haben Sie den geliebt?« fragte die Marquise. »Nein,« erwiderte die Fürstin ernst; »d'Esgrignons Naivität war eine Art kleinstädtischer Dummheit, die ich ein wenig zu spät – oder wenn Sie wollen, zu früh – bemerkt habe.« »Und de Marsay?« »De Marsay hat mit mir gespielt wie mit einer Puppe. Ich war ja noch so jung: die Männer, die sich zu unsern Schulmeistern machen, lieben wir niemals; sie verletzen unsere kleinen Eitelkeiten zu sehr.« »Und der arme Kleine, der sich erhängt hat?« »Lucien? Der war ein Antinous und ein großer Dichter; ich habe ihn zwar gewissenhaft angebetet, und ich hätte glücklich werden können. Aber er liebte eine Dirne, und ich habe ihn Frau von Sérizy abgetreten ... Wenn er mich hätte lieben wollen, hätte ich ihn da hergegeben?« »Was für eine Grille, daß Sie an einer Esther Anstoß nehmen!« »Sie war schöner als ich,« sagte die Fürstin. »Jetzt lebe ich bald drei Jahre in vollkommener Einsamkeit,« fuhr sie nach einer Pause fort; »nun, diese Ruhe hat nichts Schmerzliches für mich gehabt. Ihnen allein will ich es sagen, daß ich mich hier glücklich gefühlt habe. Ich war abgestumpft gegen die Anbetung; ich ermüdete, ohne zu genießen; ich fühlte einen oberflächlichen Kitzel, ohne daß die Empfindung mir das Herz durchdrang ... Ich habe alle Männer, die ich kennen lernte, als klein, verkrüppelt und oberflächlich erkennen müssen; keiner von ihnen hat mir die geringste Überraschung bereitet; sie hatten keine Unschuld, keine Größe und kein Feingefühl. Ich wäre gern einmal einem begegnet, der mir imponiert hätte.« »Ist es Ihnen denn gegangen wie mir, meine Liebe?« fragte die Marquise. »Sind Sie, als Sie zu lieben suchten, niemals der Liebe begegnet?« »Niemals,« erwiderte die Fürstin, indem sie die Marquise unterbrach und ihr die Hand auf den Arm legte.

Sie setzten sich auf eine Gartenbank, die unter einem blühenden Jasminbusch stand. Beide hatten eines jener Worte ausgesprochen, die im Munde von Frauen ihres Alters so feierlich klingen.

»Gleich Ihnen«, fuhr die Fürstin fort, »bin ich vielleicht mehr geliebt worden als die meisten andern Frauen; aber ich fühle, daß ich trotz all meiner Abenteuer das Glück nicht kennen gelernt habe. Ich habe viele Torheiten begangen, aber sie hatten ein Ziel, und das Ziel wich um so weiter zurück, je weiter ich ging! Ich fühle in meinem gealterten Herzen eine Unschuld, die nicht verletzt worden ist. Ja, unter all diesen Erfahrungen ruht eine erste Liebe, die man noch mißbrauchen könnte; genau wie ich mich trotz all meiner Ermattung und meines Welkens jung und schön fühle. Wir können lieben, ohne glücklich zu sein; wir können glücklich sein, ohne zu lieben; aber lieben und glücklich sein – diese beiden so großen menschlichen Genüsse verbinden, dazu brauchts ein Wunder. Dieses Wunder ist für mich nicht geschehen.« »Und ebensowenig für mich,« sagte Frau d'Espard. »Mich verfolgt in meiner Zurückgezogenheit ein grauenhafter Kummer: ich habe mich amüsiert, aber ich habe nicht geliebt.« »Wie unglaublich! Was für ein Geheimnis!« rief die Marquise aus. »Ach, meine Liebe,« erwiderte die Fürstin, »dergleichen Geheimnisse können wir nur uns selber anvertrauen; in ganz Paris würde uns niemand glauben.« »Und«, fuhr die Marquise fort,

»wenn wir nicht beide über unser sechsunddreißigstes Jahr hinaus
wären, so würden wir dieses Geständnis vielleicht nicht einmal uns
selber machen ...« »Ja, wenn wir jung sind, haben wir eine geradezu
bornierte Eitelkeit!« sagte die Fürstin. »Wir gleichen da bisweilen
jenen armen jungen Leuten, die mit einem Zahnstocher spielen, um
den Glauben zu erwecken, als hätten sie gut gespeist.« »Nun,« erwiderte Frau d'Espard mit koketter Anmut, indem sie eine reizende
Geste aufgeklärter Unschuld machte, »wir sind ja immer noch da,
und mir scheint, wir sind noch lebendig genug, um unsere Revanche zu nehmen.« »Als Sie mir neulich sagten, Beatrix sei mit Conti
davongegangen, habe ich die ganze Nacht daran denken müssen,«
fuhr die Fürstin nach einer Weile fort. »Man muß doch recht glücklich sein, um so seine Stellung und seine Zukunft zu opfern und auf
ewig der Welt zu entsagen!« »Sie ist eine kleine Närrin,« sagte Frau
d'Espard ernst. »Fräulein des Touches war entzückt, daß sie Conti
los wurde. Beatrix hat nicht gesehen, wie deutlich dieser Verzicht
einer überlegenen Frau, die ihr angebliches Glück nicht einen Augenblick verteidigte, für Contis Nichtigkeit sprach.« »So wird sie
unglücklich werden?« »Sie ist es schon,« erwiderte Frau d'Espard.
»Wozu seinen Gatten verlassen? Ist das nicht bei einer Frau das
Geständnis ihrer Ohnmacht?« »Also glauben Sie nicht, daß Frau
von Rochefide sich hat durch den Wunsch bestimmen lassen, in
Ruhe eine echte Liebe auszukosten, jene Liebe, deren Genüsse für
uns beide noch ein Traum sind?« »Nein, sie hat nur Frau von
Beauséant und Frau von Langeais nachgeäfft, die, unter uns, in
einem weniger vulgären Jahrhundert Gestalten von der Größe der
La Vallière, der Montespan, der Diana von Poitiers, der Herzoginnen von Etampes und Châteauroux geworden wären.« »Oh, aber
minus den König, meine Liebe. Ach, ich wollte, ich könnte diese
Frauen beschwören und sie fragen ...« »Nun,« unterbrach die Marquise die Fürstin, »es ist nicht erst nötig, die Toten zum Reden zu
bringen, wir kennen ja lebende Frauen, die glücklich sind. Ich habe
mit der Gräfin von Montcornet wohl zwanzigmal ein vertrauliches
Gespräch über derlei Dinge begonnen, und seit fünfzehn Jahren lebt
sie mit dem kleinen Emile Blondet als die glücklichste Frau der
Gesellschaft; keine Untreue, kein verirrter Gedanke! Sie leben noch
heute wie am ersten Tage. Wir wurden aber stets im interessantes-
ten Augenblick gestört und unterbrochen. Jene langen Bündnisse –
das Rastignacs mit Frau von Nucingen zum Beispiel oder das der

Frau von Camps, ihrer Cousine, mit ihrem Octavius – haben ein Geheimnis, und dieses Geheimnis kennen wir nicht, meine Liebe. Die Welt erweist uns die hohe Ehre, uns für Lebedamen zu halten, die des Regentschaftshofes würdig wären, und dabei sind wir unschuldig wie zwei kleine Pensionärinnen.« »Bei einer solchen Unschuld könnte ich noch glücklich sein,« sagte die Fürstin spöttisch; »unsere Unschuld ist schlimmer; wir haben Grund, uns gedemütigt zu fühlen. Was wollen Sie! Wir müssen Gott diese Kasteiung als Sühne für unser fruchtloses Suchen darbringen; denn es ist nicht wahrscheinlich, meine Liebe, daß wir in der Nacherbe die schöne Blüte finden, die uns im Frühling und im Sommer nicht zuteil ward.« »Nicht da liegt der springende Punkt,« erwiderte die Marquise nach einer Pause voll nachdenklicher Rückblicke. »Wir sind noch schön genug, um eine Leidenschaft einzuflößen; aber niemals werden wir irgend jemand von unserer Unschuld und unserer Tugend überzeugen.« »Wenn sie eine Lüge wäre, so wäre sie bald mit Erklärungen geziert und mit hübschen Umschweifen versehen, die sie glaubhaft machen würden, so daß man sie wie eine köstliche Frucht verschlingen könnte. Aber einer Wahrheit Glauben verschaffen! Ach, daran sind die größten Männer zugrunde gegangen!« fügte die Fürstin mit einem feinen Lächeln hinzu, wie nur der Pinsel Leonardo da Vincis es wiederzugeben vermocht hat.

»Und doch lieben bisweilen auch Tröpfe,« sagte die Marquise. »Aber hierfür«, bemerkte die Fürstin, »sind selbst die Tröpfe nicht leichtgläubig genug.« »Sie haben recht,« sagte die Marquise lachend. »Aber wir sollten weder nach einem Dummkopf, noch nach einem Mann von Talent suchen. Um ein solches Problem zu lösen, brauchen wir einen Mann von Genie. Das Genie allein hat den Glauben der Kindheit und die Religion der Liebe, und es läßt sich gern die Augen verbinden. Sehen Sie sich Canalis und die Herzogin von Chaulieu an. Wenn wir, Sie und ich, Männern von Genie begegnet sind, so standen sie uns vielleicht zu fern oder waren zu beschäftigt, und wir waren zu frivol, zu fortgerissen, zu eng gefangen.« »Ach, und doch möchte ich diese Welt nicht gern verlassen, ohne die Freuden der echten Liebe kennen gelernt zuhaben!« rief die Fürstin aus. »Sie einzuflößen ist nichts,« sagte Frau d'Espard; »es handelt sich darum, sie zu empfinden. Ich sehe viele Frauen, die nur der Vorwand für eine Leidenschaft sind, statt zugleich ihre

Ursache und ihre Wirkung zu sein.« »Die letzte Leidenschaft, die ich eingeflößt habe,« sagte die Fürstin, »war etwas Heiliges und Schönes, sie hatte Zukunft. Der Zufall hatte mir diesmal den Mann von Genie gegeben, den wir brauchen und der so schwer zu fangen ist, denn es gibt mehr schöne Frauen als geniale Männer. Aber der Teufel hatte die Hand bei diesem Abenteuer im Spiel.« »Erzählen Sie, meine Liebe; das ist mir ja ganz neu.« »Ich habe diese schöne Leidenschaft erst um die Mitte des Winters 1829 erkannt. Jeden Freitag sah ich in der Oper auf einem Orchesterfauteuil einen jungen Mann von etwa dreißig Jahren, der eigens meinetwegen dorthin kam und stets auf demselben Stuhl saß; er blickte mich mit Feueraugen an; aber oft war er traurig, weil ein so großer Abstand zwischen uns lag, oder vielleicht auch, weil ihm der Erfolg unmöglich schien.« »Der arme Junge! Wenn man liebt, wird man so dumm,« sagte die Marquise. »In jedem Zwischenakt schlüpfte er in den Gang hinaus,« fuhr die Fürstin fort, indem sie über das freundschaftliche Epigramm, mit dem die Marquise sie unterbrochen hatte, lächelte. »Und ein- oder zweimal drückte er, um mich zu sehen oder sich bemerklich zu machen, die Nase gegen die Scheibe einer Loge, die der meinen gegenüberlag. Wenn ich einen Besuch empfing, sah ich, wie er sich an meine Tür schmiegte, und dann konnte er mir einen verstohlenen Blick zuwerfen; er kannte schließlich alle Leute meines Gesellschaftskreises, und er folgte ihnen, wenn sie die Richtung zu meiner Loge einschlugen, um den Augenblick, in dem meine Tür sich auftat, zu benutzen. Der arme Junge hatte zweifellos bald erfahren, wer ich wäre, denn er kannte Herrn von Maufrigneuse und meinen Schwiegervater von Ansehen. Von da an fand ich meinen geheimnisvollen Unbekannten stets in der Italienischen Oper auf einem Sessel, von dem aus er mich in naiver Ekstase ins Gesicht hinein bewunderte; es war wunderhübsch. Wenn ich die Italienische oder die Komische Oper verließ, sah ich ihn mitten in der Menge wie angewurzelt auf seinen Beinen stehen; er wurde hin und her gestoßen, aber er ließ sich nicht irremachen. Wenn er mich am Arm irgendeines Günstlings sah, verloren seine Augen an Glanz. Im übrigen kein Wort, kein Brief, keine Erklärung. Geben Sie zu, daß das guter Geschmack war. Bisweilen fand ich, wenn ich morgens nach Hause kam, diesen Liebhaber auf einem der Prellsteine meiner Einfahrt. Er hatte sehr schöne Augen, einen langen und dichten Fächerbart, Henri-quatre, Schnurrbart und Backenbart;

man sah nur die weißen Backen und eine schöne Stirn; kurz, es war ein wahrhaft antiker Kopf. Der Fürst verteidigte in den Julitagen, wie Sie wissen, die Kaiseite der Tuilerien. Abends, als alles verloren war, kehrte er nach Saint-Cloud zurück. ›Meine Liebe,‹ sagte er zu mir, ›um vier Uhr wäre ich fast gefallen. Einer der Aufständischen zielte nach mir, als ein langbärtiger junger Mann, den ich in der Italienischen Oper gesehen zu haben glaube und der den Angriff führte, den Gewehrlauf beiseite schlug.‹ Der Schuß hatte ich weiß nicht mehr wen getroffen, einen Quartiermacher des Regiments, der zwei Schritte neben meinem Gatten stand. Der junge Mann muß also Republikaner gewesen sein. Als ich 1831 hierherzog, sah ich ihn, wie er mit dem Rücken an die Mauer dieses Hauses gelehnt stand, er schien sich über meinen Zusammenbruch zu freuen und meinte vielleicht, wir kämen uns dadurch näher; aber seit dem Gefecht von Saint-Merri habe ich ihn nicht wieder gesehen; er ist dort gefallen. Am Tage vor dem Begräbnis des Generals Lamarque ging ich mit meinem Sohn zu Fuß aus, und mein Republikaner folgte uns; er ging von der Madeleine bis zur Panorama-Passage, in die ich wollte, bald vor, bald hinter uns her.« »Das ist alles?« fragte die Marquise. »Alles!« erwiderte die Fürstin. »Ach ja, am Morgen der Einnahme von Saint-Merri verlangte mich ein Straßenbube persönlich zu sprechen; er gab mir einen Brief, der auf schlechtem Papier geschrieben und mit dem Namen des Unbekannten unterzeichnet war.« »Zeigen Sie ihn mir,« sagte die Marquise. »Nein, meine Liebe. Die Liebe war diesem Mannesherzen zu groß und zu heilig, als daß ich sein Geheimnis verletzen könnte. Der kurze und furchtbare Brief rührt mich noch, wenn ich nur daran denke. Dieser Tote lehrt mich mehr Empfindung als alle Lebenden, die ich ausgezeichnet habe; er kehrt in meinen Gedanken immer wieder.« »Sein Name?« fragte die Marquise. »Oh, ein ganz gewöhnlicher: Michel Chrestien.« »Sie haben recht daran getan, ihn mir zu nennen,« rief Frau d'Espard lebhaft aus. »Ich habe oft von ihm gehört. Dieser Michel Chrestien war der Freund eines berühmten Mannes, den Sie schon einmal kennen lernen wollten, nämlich Daniel d'Arthez, der ein- oder zweimal im Winter zu mir kommt. Es fehlte diesem Chrestien, der wirklich bei Saint-Merri gefallen ist, nicht an Freunden. Man hat mir gesagt, er sei einer jener großen Politiker gewesen, denen es, wie de Marsay, nur an dem Auftrieb einer günstigen Strömung fehlt, damit sie auf einen Schlag werden, was sie werden müßten.« »Dann ist es besser, daß er gestorben ist,« sagte die Fürstin mit einer melancholischen Miene, unter der sie ihre Gedanken verbarg. »Wollen Sie eines Abends bei mir mit d'Arthez zusammentreffen?« fragte die Marquise. "Dann können Sie von dem plaudern, der Ihre Gedanken heimsucht.« »Gern, meine Liebe.«

Einige Tage nach dieser Unterhaltung versprachen Blondet und Rastignac, die d'Arthez kannten, Frau d'Espard, ihn dazu zu bringen, einmal bei ihr zu speisen. Dieses Versprechen wäre zweifellos unvorsichtig gewesen, wenn sie nicht den Namen der Fürstin genannt hätte, deren Bekanntschaft dem großen Schriftsteller nicht gleichgültig sein konnte.

Daniel d'Arthez, einer der seltenen Menschen unserer Zeit, die mit einem schönen Talent einen schönen Charakter verbinden, hatte sich bereits, wenn auch noch nicht die Popularität, die seine Werke ihm erwerben sollten, so doch schon jene ehrfurchtsvolle Achtung errungen, zu der auserwählte Wesen nichts hinzuzugewinnen haben. Sein Ruhm konnte sicherlich noch wachsen, aber er hatte damals in den Augen der Kenner bereits seine höchstmögliche Entwicklung erreicht; es gibt Schriftsteller, die früher oder später an ihren rechten Platz treten und ihn nicht mehr wechseln. Als armer Edelmann hatte er seine Zeit verstanden und erwartete alles von seiner persönlichen Leistung. Er hatte lange in der Pariser Arena gerungen, und zwar wider den Willen eines reichen Onkels, der – die Eitelkeit rechtfertige den Widerspruch! –, nachdem er ihn mit dem schwersten Elend hatte kämpfen lassen, dem berühmten Manne das Vermögen vermachte, das er dem unbekannten Schriftsteller unerbittlich verweigert hatte. Dieser plötzliche Wandel aber änderte in seiner Lebensweise nichts; er führte seine Arbeiten in einer Einfachheit, die der alten Zeiten würdig gewesen wäre, fort und erlegte sich neue Arbeiten auf, indem er einen Sitz in der Deputiertenkammer annahm, wo er sich der Rechten anschloß. Seit er zum Ruhm durchgedrungen war, erschien er bisweilen in der Gesellschaft. Einer seiner alten Freunde, ein großer Arzt, Horace Bianchon, hatte ihn mit dem Baron von Rastignac bekannt gemacht, der Unterstaatssekretär in einem Ministerium und mit de Marsay befreundet war. Diese beiden Politiker hatten großmütig ihren Beistand geliehen, als Daniel, Horace und ein paar andere intime Freunde Michel Chrestiens die Leiche dieses Republikaners aus der

Kirche Saint-Merri entfernen wollten, um ihm die Ehren des Begräbnisses zu erweisen. Der Dank für einen Dienst, der zu der Strenge, die man um jene Zeit der Entfesselung aller politischen Leidenschaften in Dingen der Verwaltung beobachtete, so sehr in Widerspruch stand, hatte zwischen d'Arthez und Rastignac enge Freundschaft begründet. Der Unterstaatssekretär und der berühmte Minister waren zu gewandte Leute, um diesen Umstand nicht auszunutzen; sie wußten ein paar Freunde Michel Chrestiens zu gewinnen, zumal sie seine Ansichten nicht teilten, so daß sie sich jetzt der neuen Regierung anschlossen. Einer von ihnen, Léon Giraud, der zunächst zum Beisitzer ernannt wurde, ist seither Staatsrat geworden. Daniel d'Arthez widmet sein ganzes Leben der Arbeit; die Gesellschaft bekommt ihn nur gelegentlich einmal zu sehen, und sie ist für ihn gleichsam ein Traum. Sein Haus ist ein Kloster, in dem er das Leben eines Benediktiners führt: er beobachtet die gleiche Nüchternheit in seiner Lebensweise, die gleiche Regelmäßigkeit in seinen Beschäftigungen. Seine Freunde wissen, daß die Frau für ihn bisher nichts war als ein stets gefürchtetes Unglück; er hat sie zu genau beobachtet, um sie nicht zu fürchten; aber er hat sie so lange studiert, daß er sie jetzt endlich nicht mehr kennt; darin jenen tiefen Strategen gleich, die auf einem unvorhergesehenen Gelände stets geschlagen werden würden, weil ihre wissenschaftlichen Grundsätze dort Wandlungen und Störungen erfahren würden. Übrig geblieben ist von ihm das naive Kind, das sich freilich zugleich als der geschickteste Beobachter zeigt. Dieser scheinbar unmögliche Widerspruch ist allen leicht verständlich, die den Abgrund erkannt haben, der die geistigen Fähigkeiten von den Empfindungen trennt: jene entspringen dem Kopf, diese dem Herzen. Man kann ein großer Mann und ein Halunke sein, genau wie man ein Dummkopf sein kann und zugleich ein vorzüglicher Liebhaber. D'Arthez gehört zu jenen bevorrechtigten Wesen, bei denen die Feinheit des Geistes, der Umfang der Begabung des Gehirns weder Kraft noch Größe der Empfindung ausschließen. Er ist vermöge einer seltenen Begnadung zugleich ein Mann der Tat und des Gedankens. Sein Privatleben ist edel und rein. Wenn er bisher die Liebe sorgfältig geflohen hatte, so kannte er sich darum doch ganz genau; er wußte im voraus, wie sehr ihn die Leidenschaft beherrschen würde. Lange Zelt hindurch waren die angreifenden Arbeiten, durch die er den festen Grund zu seinen glorreichen Werken legte, und die Kälte des Elends ein ausgezeichnetes Schutzmittel. Als der Wohlstand kam, knüpfte er die vulgärste und unbegreiflichste Verbindung mit einer zwar recht schönen Frau an, die aber zur unteren Klasse gehörte, die ohne jede Bildung und ohne jede Lebensart war und allen Blicken sorgfältig verborgen wurde. Michel Chrestien sprach den genialen Männern die Macht zu, die kompaktesten Geschöpfe in ätherische Wesen, die borniertesten Weiber in geistvolle Frauen, Bäuerinnen in Marquisen zu verwandeln; je höher eine Frau stände, sagte er, um so mehr verlöre sie in ihren Augen, denn seiner Ansicht nach hatte da ihre Phantasie nichts mehr zu tun. Die Liebe war – gleichfalls seiner Ansicht nach – für geringwertige Wesen zwar nur ein einfaches Bedürfnis der Sinne, aber für hochstehende Menschen das bedeutendste und fesselndste Schöpfungswerk. Er berief sich, um d'Arthez zu rechtfertigen, auf das Beispiel Raffaels und der Fornarina. Er hätte auch sich selbst als Vorbild hinstellen können, da er in der Herzogin von Maufrigneuse einen Engel sah. Die wunderliche Laune des Schriftstellers ließ sich übrigens auf vielerlei Arten rechtfertigen; vielleicht hatte er gleich von Anfang an daran gezweifelt, hier auf Erden eine Frau zu finden, die dem köstlichen Traumbild entsprach, wie jeder geistvolle Mann es sich entwirft und im Herzen hegt; vielleicht hatte er ein zu empfindliches, zu zartes Herz, um es einer Frau der Gesellschaft auszuliefern; vielleicht zog er es vor, der Natur ihren Tribut zu zollen und seine Illusion zu behalten, indem er sein Ideal kultivierte; vielleicht hatte er auch die Liebe ganz ausgeschaltet, weil sie mit seiner Arbeit, mit der Regelmäßigkeit eines mönchischen Lebens, in dem die Leidenschaft alles gestört hätte, unvereinbar war. Seit einigen Monaten bildete d'Arthez das Gespött Blondets und Rastignacs, die ihm vorwarfen, er kenne weder die Welt noch die Frauen. Wenn man ihnen glauben wollte, so waren seine Werke zahlreich und vorgeschritten genug, damit er sich auch Zerstreuungen gönnte; er hatte ein schönes Vermögen und lebte wie ein Student; er kostete nichts aus, weder sein Geld noch seinen Ruhm; er wußte nichts von den erlesenen Genüssen der edlen und zarten Leidenschaft, die gewisse wohlgeborene und wohlerzogene Frauen einflößen oder empfinden konnten. War es seiner nicht unwürdig, daß er nur erst die rohesten Seiten der Liebe kennen gelernt hatte? Sobald die Liebe sich auf das beschränkte, wozu die Natur sie machte, war sie in ihren Augen die dümmste Erfindung der Welt. Es war einer der Ruhmestitel der Gesellschaft, da die ›Frau‹ geschaffen zu haben, wo die Natur nur das Weibchen schuf; da die Dauer des Verlangens begründet zu haben, wo die Natur nur an die Erhaltung der Gattung dachte: kurz, die Liebe erfunden zu haben, die schönste Religion der Menschen. D'Arthez wußte nichts von den reizenden Feinheiten der Rede, nichts von den unaufhörlichen Beweisen herzlicher Neigung, die Geist und Seele geben, nichts von jenen Begierden, die durch verfeinerte Lebensart geadelt werden, nichts von jenen durchgeistigten Formen, die die Frau der Gesellschaft den gröbsten Dingen leiht. Er kannte vielleicht die Frau, aber die Gottheit kannte er nicht. Es bedurfte nach ihnen fabelhaft vieler Kunst, fabelhaft viel schöner Toiletten des Geistes und des Leibes, damit eine Frau wirklich lieben könnte. Kurz, diese beiden Verführer rühmten all die köstlichen Verderbtheiten des Geistes, die die Pariser Koketterie ausmachen, und beklagten d'Arthez, der von gesunder Nahrung ohne jede Würze lebte; weil er die Wonnen der Pariser feinen Küche nie gekostet hatte, so weckten sie seine Neugier aufs lebhafteste. Doktor Bianchon, den d'Arthez ins Vertrauen zog, wußte, daß diese Neugier endlich erwacht war. Das langdauernde Verhältnis des großen Schriftstellers zu einer vulgären Frau war ihm, statt ihm vermöge der Gewöhnung zu gefallen, vielmehr unerträglich geworden; aber ihn hielt die große Schüchternheit zurück, die sich aller einsamen Menschen bemächtigt.

»Wie kommt es,« sagte Rastignac, »wenn man ›den Pfennig und den Ballen im Schilde führt, der schräg in Rot und Gold geteilt ist‹, daß man da dieses pikardische Wappen nicht auf einem Wagen glänzen läßt? Sie haben dreißigtausend Franken Rente und die Einkünfte Ihrer Feder; Sie haben Ihre Devise, die den von unsern Vorfahren so lange gesuchten Kalauer bildet, zur Wahrheit gemacht: *Ars thesaurusque virtus!* und Sie führen sie nicht im Bois de Boulogne spazieren! Wir leben in einem Jahrhundert, in dem die alte Tugend sich zeigen muß.« »Wenn Sie dieser dicken Daforêt, die Ihre Wonne ausmacht, Ihre Werke vorläsen, so würde ich Ihnen vergeben, daß Sie sie behalten,« sagte Blondet. »Aber, mein Lieber, wenn Sie schon, materiell gesprochen, von trocknem Brot leben, so haben Sie, soweit es auf den Geist ankommt, nicht einmal das Brot ...«

Dieser freundschaftliche kleine Krieg zwischen Daniel und seinen Freunden hatte schon ein paar Monate gedauert, als Frau d'Espard Rastignac und Blondet bat, d'Arthez dahin zu bringen, daß er einmal bei ihr speiste, und ihnen zugleich sagte, die Fürstin von Cadignan hege das lebhafte Verlangen, diesen berühmten Mann kennen zu lernen. Eine solche Neugier ist für gewisse Frauen, was für Kinder die *Laterna magica* ist: ein übrigens ziemlich ärmliches Vergnügen für die Augen, das nur Enttäuschung bringt. Je mehr Empfindung ein Mann von Geist aus der Ferne weckt, um so weniger wird er ihr aus der Nähe entsprechen; je glänzender die Träume von ihm waren, um so glanzloser wird er selber sein. In dieser Hinsicht geht die enttäuschte Neugier bisweilen bis zur Ungerechtigkeit. Weder Blondet noch Rastignac konnten d'Arthez täuschen; sie sagten ihm lachend, ihm biete sich die verführerischste Gelegenheit, sein Herz zu bilden und die höchsten Wonnen kennen zu lernen, die die Liebe einer Pariser großen Dame verleihen könne. Die Fürstin sei tatsächlich in ihn verliebt, er habe bei dieser Begegnung nichts zu fürchten, aber alles zu gewinnen. Es werde ihm nicht möglich sein, von dem Piedestal herabzusteigen, auf das Frau von Cadignan ihn gestellt habe. Weder Blondet noch Rastignac bedachten sich, der Fürstin diese Liebe zuzuschreiben; sie konnte die Verleumdung tragen, da ihre Vergangenheit schon zu so viel Anekdoten Anlaß gab. Sie begannen alle beide, d'Arthez die Abenteuer der Herzogin von Maufrigneuse zu erzählen: erstens ihre Leichtfertigkeiten mit de Marsay, zweitens ihre Inkonsequenzen mit d'Ajuda, den sie von seiner Frau fortgelockt hatte, indem sie so Frau von Beauséant rächte; drittens ihre Liaison mit dem jungen d'Esgrignon, der sie nach Italien begleitet und sich um ihretwillen furchtbar bloßgestellt hatte; sie berichteten, wie unglücklich sie mit einem berühmten Gesandten, wie glücklich mit einem russischen General gewesen war, wie sie die Egeria zweier Minister der auswärtigen Angelegenheiten wurde, und so weiter. D'Arthez erwiderte ihnen, er habe durch ihren armen Freund Michel Chrestien, der sie vier Jahre lang heimlich angebetet hätte und fast darüber wahnsinnig geworden wäre, mehr davon erfahren, als sie ihm zu sagen vermöchten.

»Ich habe meinen Freund oft in die Italienische Oper begleitet,« sagte Daniel. »Der Unglückliche lief mit mir durch alle Straßen neben dem Wagen der Fürstin einher, um sie durch die Scheiben ihres Coupés bewundern zu können. Dieser Liebe verdankt der Fürst von Cadignan das Leben, denn Michel hat einen Burschen daran gehindert, ihn zu erschießen.« »Nun, da haben Sie ja gleich ein Thema bereit,« sagte Blondet lächelnd. »Das ist die Frau, die Sie brauchen; sie wird nur aus Feingefühl grausam sein, und sie wird Sie sehr huldvoll in die Geheimnisse der Eleganz einweihen; aber nehmen Sie sich in acht! Sie hat manches Vermögen verzehrt! Die schöne Diana gehört zu jenen Verschwenderinnen, die keinen Heller kosten und für die man doch Millionen ausgibt. Schenken Sie sich ihr mit Seele und Leib; aber behalten Sie Ihr Geld in der Hand, wie der Alte in der ›Sintflut‹ Girodets.«

Nach dieser Unterhaltung hätte die Fürstin die Tiefe eines Abgrundes, die Anmut einer Königin, die Verderbtheit der Diplomaten, die Gefährlichkeit einer Sirene besitzen müssen. Diese beiden geistreichen Männer, die nicht imstande waren, die Entwicklung dieses Scherzes vorauszusehen, hatten schließlich aus Diana von Uxelles die ungeheuerlichste Pariserin, die gewandteste Kokette, die berauschendste Kurtisane der Welt gemacht. Obwohl sie recht hatten, war die Frau, die sie so leichthin behandelten, für d'Arthez heilig und geweiht, denn seine Neugier brauchte nicht erst geweckt zu werden; er willigte auf der Stelle ein, ihr zu begegnen, und etwas anderes wollten die beiden Freunde nicht von ihm.

Frau d'Espard suchte die Fürstin auf, sowie sie die Antwort hatte. »Meine Liebe, fühlen Sie sich schön und kokett?« fragte sie. »Kommen Sie in einigen Tagen zum Diner, dann werde ich Ihnen d'Arthez auftischen. Unser genialer Mann ist von Natur sehr wild, er fürchtet die Frauen und hat noch nie geliebt. Danach richten Sie Ihr Gespräch ein. Er ist außerordentlich geistvoll und von einer Einfalt, die Sie täuscht, weil sie Ihnen jedes Mißtrauen nimmt. Sein ganzer Scharfsinn erschöpft sich in Rückblicken und wirkt erst nachher, so daß er jede Berechnung zunichte macht. Heute haben Sie ihn vielleicht überrascht, aber morgen läßt er sich durch nichts mehr täuschen.« »Ach,« sagte die Fürstin, "wenn ich erst dreißig Jahre alt wäre, so würde ich mich wundervoll dabei amüsieren! Bisher hat mir gerade ein Mann von Geist gefehlt, auf dem ich spielen konnte. Ich habe stets nur Partner gehabt, niemals Gegner. Die Liebe war ein Spiel, statt ein Kampf zu sein.« »Liebe Fürstin, geben Sie zu, daß ich sehr großmütig bin, denn schließlich, eine gut angewandte Wohltat ...«

Die beiden Frauen sahen sich lachend an und ergriffen sich gegenseitig bei den Händen, die sie sich freundschaftlich drückten. Gewiß kannten sie alle beide voneinander wichtige Geheimnisse, und ohne Zweifel zählten sie den einzelnen Mann und einen zu leistenden Dienst nicht so genau; denn damit eine Freundschaft zwischen Frauen aufrichtig und dauerhaft werde, muß sie mit kleinen Verbrechen gekittet werden. Wenn zwei Freundinnen sich gegenseitig töten können, und sich gegenseitig ansehen, den vergifteten Dolch in der Hand, so bieten sie das rührende Schauspiel eines Einklangs dar, der erst in dem Augenblick gestört wird, in dem die eine von beiden ihre Waffen aus Versehen losläßt. Acht Tage darauf also fand bei der Marquise eine jener Abendgesellschaften statt, die sie ›ihre kleinen Tage‹ nennt und die für die Vertrauten reserviert sind; zu ihnen kommt niemand, der nicht eine mündliche Einladung erhalten hat, und während ihres Verlaufs bleiben die Türen geschlossen. Diese Abendgesellschaft wurde für fünf Personen gegeben: für Emile Blondet und Frau von Montcornet, für Daniel d'Arthez, Rastignac und die Fürstin von Cadignan. Die Herrin des Hauses mitgezählt, waren es so viel Männer wie Frauen. Nie hätte der Zufall geschickter spielen können, das Zusammentreffen d'Arthez' und der Frau von Cadignan vorzubereiten. Die Fürstin gilt noch heute für eine Frau, die in Toilettedingen ganz besonders bewandert ist; und die Toilette ist für die Frauen die erste aller Künste. Sie trug ein Kleid aus blauem Samt mit weiten hängenden weißen Ärmeln und durchsichtigem Buseneinsatz, einen jener Brustschleier aus leicht gekraustem Tüll, der blau eingefaßt war, bis auf vier Finger breit an ihren Hals heranreichte und ihre Schultern bedeckte, wie man es auf einigen Bildnissen Raffaels sieht. Ihre Kammerfrau hatte ihr ein wenig weißes Heidekraut geschickt in ihre blonden Haarkaskaden gesteckt; sie bildeten eine der Schönheiten, denen sie ihre Berühmtheit verdankte. Sicherlich sah Diana aus, als sei sie noch nicht fünfundzwanzig Jahre alt. Vier Jahre der Einsamkeit und der Ruhe hatten ihrer Gesichtshaut ihre Festigkeit zurückgegeben. Und gibt es nicht außerdem Augenblicke, in denen der Wunsch, zu gefallen, die Schönheit der Frauen noch steigert? Der Wille bleibt auf die Wandlungen des Gesichts nicht ohne Einfluß. Wenn gewaltsame Erregungen die Macht haben, bei Leuten von sanguinischem oder melancholischem Temperament weiße Töne zu gilben, lymphatische Gesichter grünlich zu färben, muß

man da nicht auch dem Verlangen, der Freude, der Hoffnung die
Fähigkeit zusprechen, die Haut heller zu machen, den Blick mit
lebhaftem Glanz zu vergolden, die Schönheit durch ein lockendes
Licht, dem Licht eines hübschen Morgens gleich, zu beleben? Die so
berühmte Weiße der Fürstin hatte einen reifen Ton angenommen,
der ihr etwas Erhabenes gab. Um diese Zeit ihres Lebens stand ihre
hohe Träumerstirn in wundervollem Einklang mit ihrem blauen,
ruhigen und majestätischen Auge, denn diese Periode zeichnete
sich durch ein strenges Insichgehen und viele ernsthafte Gedanken
aus. Es wäre dem geschicktesten Physiognomen unmöglich gewesen, sich unter dieser unerhörten Feinheit der Züge Berechnung
und Entschlossenheit vorzustellen. Es gibt Frauengesichter, die
durch ihre Ruhe und ihre Feinheit die Wissenschaft täuschen und
die Beobachtung irreführen; man müßte sie betrachten können,
wenn die Leidenschaften reden, und das ist schwierig; oder wenn
sie gesprochen haben, was nichts mehr hilft; denn dann ist die Frau
alt und verstellt sich nicht mehr. Die Fürstin gehört zu den un-
durchdringlichsten Frauen; sie kann sich zu dem machen, was sie
sein will; mutwillig, kindlich und unschuldig, um zur Verzweiflung
zu treiben, oder fein, ernst und tief, so daß sie Sorgen einflößt. Sie
kam mit der Absicht zur Marquise, die sanfte und einfache Frau zu
spielen, der das Leben nur durch seine Enttäuschungen bekannt
geworden war, die Frau voller Seele, die man verleumdet hat, die
sich jedoch darein ergibt, kurz, den zertretenen Engel. Sie kam früh,
um sich am Kamin neben Frau d'Espard so auf das Plaudersofa
setzen zu können, wie sie gesehen werden wollte, in einer jener
Haltungen, in denen die Berechnung unter dem köstlichen Schein
der Natur verborgen ist, in einer jener studierten und gesuchten
Posen, die jene schöne Schlangenlinie hervorheben, wie sie mit dem
Fuße beginnt, anmutig bis zur Hüfte steigt und sich in herrlichen
Rundungen bis zu den Schultern fortsetzt, indem sie den Blicken
das ganze Profil des Körpers zeigt. Eine nackte Frau wäre minder
gefährlich, als es ein in dieser Weise kundig hingebreiteter Rock ist,
der alles bedeckt und zugleich ins Licht rückt. Aus einem Raffine-
ment heraus, auf das nicht viele Frauen verfallen wären, hatte Diana
sich zur größten Verblüffung der Marquise von dem Herzog von
Maufrigneuse begleiten lassen. Nach einem Augenblick der Überlegung drückte Frau d'Espard der Fürstin mit verständnisvoller Miene die Hand: »Ich verstehe Sie! Wenn Sie d'Arthez zwingen, gleich

auf einen Schlag alle Schwierigkeiten mit in den Kauf zu nehmen, haben Sie sie später nicht mehr zu besiegen.«

Die Gräfin von Montcornet kam mit Blondet. Rastignac brachte d'Arthez mit. Die Fürstin machte dem berühmten Manne keines der Komplimente, mit denen ihn vulgäre Menschen überhäuften; aber sie zeigte eine Zuvorkommenheit, die voller Anmut und Achtung war und die die Grenze ihrer Konzessionen bilden mußte. So benahm sie sich zweifellos auch dem König von Frankreich und den Fürsten gegenüber. Sie schien glücklich, diesen großen Mann zu sehen, und zufrieden damit, ihn gesucht zu haben. Leute, die wie die Fürstin viel Geschmack haben, zeichnen sich vor allem durch ihre Art, zuzuhören, aus, durch eine Liebenswürdigkeit ohne Beimischung von Spötterei, die sich zur Höflichkeit verhält wie die werktätige Tugend zur theoretischen. Wenn der berühmte Mann sprach, so verriet ihre Haltung eine Aufmerksamkeit, die tausendmal schmeichelhafter war, als die bestgerundeten Komplimente es gewesen wären. Die gegenseitige Vorstellung geschah durch die Marquise, und zwar ohne jeden Nachdruck und in aller Schicklichkeit. Bei Tisch setzte man d'Arthez neben die Fürstin, die, weit entfernt von der übertriebenen Zurückhaltung der Zierpuppen, mit sehr gutem Appetit aß und ihre Ehre darein setzte, als ganz natürliche Frau ohne alle Wunderlichkeiten zu erscheinen. Zwischen zwei Gängen benutzte sie einen Augenblick, in dem die Unterhaltung allgemein wurde, um d'Arthez für sich in Anspruch zu nehmen.

»Wenn ich mir das Vergnügen verschaffen wollte, mich neben Sie zu setzen, so liegt dem der geheime Wunsch zugrunde, ein wenig über einen unglücklichen Freund von Ihnen zu erfahren, der für eine andere Sache gestorben ist als für die unsrige; ich habe ihm viel zu danken, ohne daß ich meine Verpflichtungen je anerkennen oder ihm vergelten konnte. Der Fürst von Cadignan teilt mein Bedauern. Ich habe erfahren, daß Sie einer der besten Freunde dieses armen Jungen waren. Ihre gegenseitige reine, ungetrübte Freundschaft begründete für Sie einen Anspruch auf mein Interesse. Sie werden es also nicht weiter wunderbar finden, wenn ich alles wissen wollte, was Sie mir über dieses Wesen sagen können, das Ihnen so teuer ist. Wenn ich auch an der verbannten Dynastie hänge und verpflichtet bin, monarchische Anschauungen zu hegen, so gehöre ich doch nicht zu der Zahl derer, die Republikanismus und Edelmut für unvereinbar ansehen. Die Monarchie und die Republik sind die beiden einzigen Regierungsformen, die die schönen Empfindungen nicht ersticken.« »Michel Chrestien war ein Engel, gnädige Frau,« erwiderte Daniel mit bewegter Stimme. »Ich kenne unter den Helden des Altertums keinen, der ihm überlegen gewesen wäre. Hüten Sie sich davor, ihn für einen von den beschränkten Republikanern zu halten, die den Konvent und die Artigkeiten des Wohlfahrtskomitees wiederempfehlen möchten. Nein, Michel träumte von einer Anwendung der Schweizer Bundesverfassung auf ganz Europa. Geben wir übrigens zu, unter uns, daß nächst der glanzvollen Negierung durch einen einzigen – die, glaube ich, unserem Lande mehr zusagt – Michels System am besten die Unterdrückung des Krieges in der Alten Welt und ihren Wiederaufbau auf einer andern Grundlage gewährleistet, als es die Grundlage der Eroberung ist, die ehedem die Feudalverfassung gab. Die Republikaner standen seinen Gedanken in dieser Hinsicht am nächsten; deshalb lieh er ihnen im Juli und zu Saint-Merri seinen Arm. Obwohl wir in unsern Anschauungen sehr weit auseinandergingen, sind wir durch enge Freundschaft verbunden geblieben.« »Das ist das schönste Lob für Ihre beiden Charaktere,« sagte Frau von Cadignan schüchtern. »Während der letzten vier Jahre seines Lebens«, fuhr Daniel fort, »vertraute er mir seine Liebe zu Ihnen an; und dieses Vertrauen knüpfte die schon starken Bande unserer brüderlichen Freundschaft noch enger. Er allein, gnädige Frau, hat Sie geliebt, wie Sie geliebt werden müßten. Wie oft hat es nicht stark geregnet, wenn ich Ihren Wagen bis zu Ihrem Hause begleitete, indem ich an Geschwindigkeit mit Ihren Pferden kämpfte, damit wir mit Ihnen in einer Linie blieben und Sie sehen... Sie bewundern konnten.« »Ich werde gehalten sein. Sie zu entschädigen!« sagte die Fürstin. »Weshalb ist Michel nicht da?« erwiderte Daniel mit einem Ton voller Melancholie. »Er hätte mich vielleicht nicht lange geliebt,« sagte die Fürstin, indem sie voll Trauer den Kopf schüttelte. »Die Republikaner sind noch starrer in ihren Ideen als wir Absolutisten, denn wir sündigen durch unsere Nachsicht. Er hatte mich wahrscheinlich als vollkommen geträumt, und er wäre grausam enttäuscht worden. Wir Frauen werden ebensoviel von Voreingenommenheiten verfolgt, wie Sie sie im literarischen Leben zu ertragen haben, und wir können uns weder durch den Ruhm noch durch unsere Werke verteidigen. Man glaubt uns nicht, was wir sind, sondern nur wozu man uns macht.

Man hätte ihm bald die unbekannte Frau, die in mir steckt, unter dem falschen Bildnis der imaginären Frau verborgen, die für die Welt die wahre ist. Er hätte mich der edlen Empfindungen, die er mir entgegenbrachte, für unwürdig gehalten, für unfähig, sie zu begreifen.« Die Fürstin machte eine Kopfbewegung, indem sie in wundervoller Geste die schönen blonden Locken mit dem darin befestigten Heidekraut schüttelte. Die trostlosen Zweifel, das verborgene Elend, das sie ausdrückte, war unsäglich. Daniel begriff alles und sah die Fürstin in lebhafter Bewegung an. »Und doch stand ich an dem Tage, als ich ihn wiedersah, lange nach dem Juliaufstand,« fuhr sie fort, »in Versuchung, meinem Wunsch zu unterliegen und ihn in der Vorhalle der Italienischen Oper vor aller Welt bei der Hand zu nehmen, ihm diese Hand zu drücken und ihm meinen Strauß zu reichen. Ich sagte mir, daß dieser Beweis des Dankes, wie so viele andere edle Dinge, die heute als Tollheiten der Herzogin von Maufrigneuse erzählt werden, falsch gedeutet werden würde, und ich kann jene Dinge niemals kommentieren; nur mein Sohn und Gott werden mich jemals kennen.«

Diese Worte, die dem Zuhörer ins Ohr geflüstert wurden, so daß sie den andern Gästen entgingen, und zwar mit einem Tonfall, der der geschicktesten Schauspielerin würdig gewesen wäre, mußten zu Herzen dringen; und sie erreichten Daniels Herz. Es handelte sich dabei ja nicht um den berühmten Schriftsteller; diese Frau suchte sich vor einem Toten zu rechtfertigen. Sie konnte verleumdet worden sein; sie wollte wissen, ob sie auch nichts in den Augen dessen besudelt hatte, der sie einst liebte. War er mit all seinen Illusionen gestorben?

»Michel«, erwiderte d'Arthez, »war einer jener Männer, die bedingungslos lieben; und wenn sie falsch wählen, so können sie darunter leiden, ohne jemals auf die zu verzichten, die sie erwählten.« »Und wurde ich so geliebt?« rief sie mit der Miene verzückter Seligkeit. »Ja, gnädige Frau.« »So habe ich sein Glück gemacht?« »Vier Jahre lang.« »Dergleichen kann keine Frau hören, ohne eine stolze Befriedigung zu empfinden,« sagte sie, indem sie d'Arthez in einer Bewegung voll schamhafter Verwirrung ihr sanftes und edles Antlitz zuwandte.

Es gehört zu den klügsten Kunstgriffen dieser Komödiantinnen, daß sie ihr Wesen verschleiern, wenn die Worte zu ausdrucksvoll werden, und daß sie, sobald die Rede Grenzen findet, die Augen sprechen lassen. Diese geschickten Dissonanzen, die sie in die Musik ihrer wahren oder falschen Liebe einflechten, haben eine unbesiegliche Verführungskraft.

»Hat man nicht,« fuhr sie fort, indem sie noch einmal ihre Stimme senkte und nachdem sie sich ihrer Wirkung vergewissert hatte, »hat man nicht sein Schicksal erfüllt, wenn man einen großen Mann ohne ein Verbrechen glücklich gemacht hat?« »Hat er Ihnen nie geschrieben?« »Ja, aber ich wollte dessen ganz sicher sein, denn glauben Sie mir, er hat sich nicht getäuscht, wenn er mich so hoch stellte.«

Die Frauen wissen ihren Worten eine ganz besondere Reinheit zu geben; sie teilen ihnen irgendein Zittern mit, das den Sinn der Gedanken dehnt und ihnen Tiefe leiht; wenn ihr entzückter Zuhörer sich nicht später Rechenschaft darüber ablegt, was sie gesagt haben, so ist das Ziel vollkommen erreicht, und ebendas ist ja das eigentliche Wesen der Beredsamkeit. Die Fürstin hätte in diesem Augenblick die Krone Frankreichs tragen können, ohne daß darum ihre Stirn imposanter gewesen wäre, als sie es unter dem schönen Diadem ihrer wie zu einem Turm in Zöpfen aufgesteckten und mit ihrem hübschen Heidekraut gezierten Haare war. Wie der Heiland über die Wogen des Sees Tiberias dahinschritt, schien diese Frau auf den Fluten der Verleumdung dahinzuschreiten, eingehüllt in das Linnen dieser Liebe, wie ein Engel von seinem Heiligenschein umgeben ist. Nichts deutete auf eine Notwendigkeit hin, so zu sein, noch auch auf den Wunsch, groß oder liebreich zu erscheinen; sie war einfach und ruhig. Ein Lebender hätte der Fürstin niemals die Dienste leisten können, die ihr der Tote leistete. D'Arthez, ein einsamer Arbeiter, dem der Verkehr mit der Welt fremd war und den das Studium mit seinen schützenden Schleiern umhüllt hatte, ließ sich von dem Tonfall und den Worten täuschen. Er stand unter dem Zauber dieser erlesenen Lebensform, er bewunderte die vollkommene Schönheit, die vom Unglück gereift und in der Zurückgezogenheit zur Ruhe gekommen war; er betete die so seltene Vereinigung eines feinen Geistes und einer schönen Seele an; kurz, er wünschte das Erbe Michel Chrestiens anzutreten. Der Anfang dieser Leidenschaft war wie bei den meisten tiefen Denkern eine Idee. Während er die Fürstin aus größerer Nähe sah, als es möglich gewesen war, als er damals seinen Freund in seinem tollen Lauf begleitete, während er die Form ihres Kopfes, die Anordnung ihrer so sanften Züge, ihren Wuchs, ihren Fuß, ihre so fein modellierten Hände studierte, fiel ihm das überraschende Phänomen des zweiten Gesichts auf, das der von der Liebe begeisterte Mensch in sich selber findet ... Mit welchem Scharfblick hatte nicht Michel Chrestien in diesem Herzen, in dieser von den Feuern der Liebe erhellten Seele gelesen! Der Bundesschwärmer war also auch erraten worden! Er wäre zweifelsohne glücklich geworden! So hatte denn die Fürstin in Daniels Augen einen großen Zauber: sie war von einer Aureole der Poesie umgeben. Während des Diners entsann sich der Schriftsteller der verzweifelten Ergüsse des Republikaners und seiner Hoffnungen, als er sich für geliebt hielt; seine Gedichte, so schön, wie sie eben die wahre Empfindung diktiert, hatte er einzig um dieser Frau willen gesungen. Ohne es zu wissen, stand Daniel im Begriff, diese Vorbereitungen, die er dem Zufall verdankte, auszunutzen. Es ist selten, daß ein Mann ohne Gewissensbisse aus dem Vertrauten zum Nebenbuhler werden kann. In einem Augenblick erkannte er, welch ungeheurer Unterschied zwischen den Frauen der Gesellschaft, jenen Blüten der großen Welt, und den vulgären Frauen besteht, die er dennoch gleichfalls nur erst durch ein einziges Muster kannte; er wurde also an den zugänglichsten, zartesten Seiten seiner Seele und seines Genius überrumpelt. Von seiner Naivität und dem Ungestüm seiner Gedanken getrieben, sich dieser Frau zu bemächtigen, fühlte er sich trotzdem zurückgehalten durch die Welt, durch die Schranke, die die Lebensform und, sagen wir es, die Majestät der Fürstin zwischen ihm und ihr errichtete. Daher lag auch darin für diesen Mann, der nicht gewohnt war, diejenige, die er liebte, zu achten, irgend etwas Lockendes, irgendein Reiz, der um so mächtiger war, als er sich gezwungen sah, ihm ausgesetzt zu bleiben und seine Wunden zu tragen, ohne daß er sich verriet. Die Unterhaltung, die bis zum Dessert bei der Person Michel Chrestiens verweilte, bildete für Daniel wie für die Fürstin einen wundervollen Vorwand, von Liebe, Sympathie, Ahnung zu flüstern: für sie, sich die Pose der verleumdeten, verkannten Frau zu geben; für ihn, die Füße in die Schuhe des toten Republikaners zu stecken. Vielleicht ertappte sich dieser Mann der Naivität dabei, wie er sich weniger nach seinem Freund zurücksehnte als vordem. In dem Augenblick, als die Wunder des Desserts auf dem Tisch erstrahlten, beim Licht der Kerzen, im Schutz der Sträuße aus natürlichen Blumen, die die Gäste durch eine glänzende, reich von Früchten und Zuckerwerk durchwirkte Hecke trennten – gefiel die Fürstin sich darin, diese Folge von Vertraulichkeiten mit einem entzückenden Wort zu beschließen, das sie mit einem jener Blicke begleitete, die eine blonde Frau brünett erscheinen lassen und in dem sie dem Gedanken, Michel und Daniel seien Zwillingsseelen, feinen Ausdruck gab. D'Arthez stürzte sich jetzt wieder in die allgemeine Unterhaltung, in die er die Freude eines Kindes hineintrug, und zwar nicht ohne ein wenig von jener Eitelkeit, die eines Schülers würdig gewesen wäre. Die Fürstin nahm auf die natürlichste Weise Daniels Arm, um in den kleinen Salon der Marquise zurückzukehren. Als sie den großen Salon durchschritten, ging sie langsam; und als sie um einen ziemlich weiten Zwischenraum hinter der Marquise, der Blondet den Arm gereicht hatte, zurückgeblieben war, hielt sie d'Arthez an, »Ich will dem Freund des armen Republikaners nicht unzugänglich sein,« sagte sie. »Und obgleich ich es mir zum Gesetz gemacht habe, niemand zu empfangen, so sollen von allen Menschen der Welt Sie allein bei mir Zutritt haben. Glauben Sie nicht, daß das eine Gunst sei. Die Gunst ist stets nur für Fremde vorhanden, und mir ist, als wären wir schon alte Freunde; ich will in Ihnen Michels Bruder sehen.«

D'Arthez konnte der Fürstin nur den Arm drücken; er fand keine Antwort. Als der Kaffee serviert wurde, hüllte Diana von Cadignan sich mit einer koketten Bewegung in einen großen Schal ein und stand auf. Blondet und Rastignac waren zu sehr Politiker und zu sehr an die große Welt gewöhnt, als daß sie hätten den geringsten bürgerlichen Ausruf tun oder die Fürstin zurückhalten wollen; aber Frau d'Espard zwang ihre Freundin, sich nochmals zu setzen, indem sie sie bei der Hand nahm, und flüsterte ihr zu: »Warten Sie, bis auch die Leute gegessen haben; der Wagen ist noch nicht bereit.« Und sie gab dem Diener, der das Tablett mit dem Kaffee wieder forttrug, einen Wink. Frau von Montcornet erriet, daß die Fürstin und Frau d'Espard sich etwas zu sagen hatten, und sie lockte d'Arthez, Rastignac und Blondet fort, indem sie sie durch einen jener tollen, paradoxen Angriffe amüsierte, auf die die Pariserinnen sich so wundervoll verstehen.

»Nun,« sagte die Marquise, »wie finden Sie ihn?« »Er ist ein anbetungswürdiges Kind, er kommt gerade aus den Wickelbändern. Wahrlich, es gibt noch einmal wie immer einen Sieg ohne Kampf.« »Das kann einen zur Verzweiflung treiben,« sagte Frau d'Espard, »aber es gibt ein Auskunftsmittel.« »Welches?« »Lassen Sie mich Ihre Nebenbuhlerin werden.« »Wie Sie wollen,« erwiderte die Fürstin; »ich bin zu einem Entschluß gekommen. Das Genie ist eine Daseinsform des Gehirns; was das Herz dabei gewinnt, weiß ich nicht; wir wollen noch darüber plaudern.«

Als Frau d'Espard dieses letzte ihr unauslegbare Wort hörte, stürzte sie sich wieder in die allgemeine Unterhaltung und schien weder durch das ›Wie Sie wollen‹ verletzt, noch auch neugierig darauf zu sein, was sich aus dieser Unterredung ergeben würde. Die Fürstin blieb etwa eine Stunde lang auf dem Sofa beim Kamin sitzen, und zwar in der nachlässigen, hingegossenen Haltung, die Guérin Dido verliehen hat; sie lauschte mit der Aufmerksamkeit einer gedankenversunkenen Frau und sah Daniel kurze Augenblicke lang an, ohne die Bewunderung zu verbergen, die jedoch die Grenzen nicht überschritt. Sie entschlüpfte, als der Wagen vorgefahren war, nachdem sie mit der Marquise einen Händedruck und mit Frau von Montcornet ein Nicken ausgetauscht hatte.

Der Abend verstrich, ohne daß von der Fürstin noch ferner die Rede gewesen wäre. Man nutzte die Begeisterung aus, in der d'Arthez sich befand, denn er entfaltete alle Schätze seines Geistes. Freilich hatte er in Rastignac und Blondet zwei an Feinheit des Geistes und Umfang des Verstandes erstklassige Helfer. Die beiden Frauen galten seit langem als die geistreichsten der hohen Gesellschaft. Es war also für diese fünf Menschen, die sich für gewöhnlich in der Welt, in den Salons und in der Politik in acht zu nehmen hatten, ein Rasttag in der Oase, ein seltenes und hochgeschätztes Glück. Es gibt Wesen, die das Vorrecht haben, unter den Menschen dazustehen wie jene wohltätigen Sterne, deren Licht die Geister erleuchtet und deren Strahlen die Herzen wärmt. D'Arthez gehörte zu diesen schönen Seelen. Ein Schriftsteller, der auf seiner Höhe steht, gewöhnt sich daran, alles zu denken, und vergißt in der Welt bisweilen, daß man nicht alles sagen darf. Es ist ihm unmöglich, die Zurückhaltung der Leute zu bewahren, die beständig in dieser Welt leben. Aber da seine Seitensprünge fast immer den Stempel der Originalität tragen, so beklagt sich niemand über sie. Die bei allen Genies so seltene Würze, die Jugendlichkeit voller Einfalt, die d'Arthez eine so vornehme Originalität verleiht, schuf diesen Abend zu einer Köstlichkeit um. Er ging mit dem Baron von Rastignac, der, als er ihn nach Hause brachte, ganz von selber auf die Fürstin zu sprechen kam, indem er ihn fragte, wie er sie fände.

»Michel hatte recht, wenn er sie liebte,« erwiderte d'Arthez; »sie ist eine außerordentliche Frau.« »Sehr außerordentlich,« versetzte Rastignac spöttisch. »Ich erkenne an Ihrem Tonfall, daß Sie sie bereits lieben; ehe drei Tage vergehen, werden Sie bei ihr sein, und ich bin schon zu lange Pariser Lebemann, um nicht zu wissen, was zwischen Ihnen vorgehen wird. Nun, mein lieber d'Arthez, ich flehe Sie an, lassen Sie sich zu keiner Preisgabe Ihrer Interessen hinreißen. Lieben Sie die Fürstin, wenn Sie die Liebe zu ihr im Herzen fühlen; aber denken Sie an Ihr Vermögen. Sie hat niemals, von wem es auch sei, zwei Heller erbeten oder angenommen; dazu ist sie zu sehr d'Uxelles und Cadignan; aber meines Wissens hat sie, abgesehen von ihrem eigenen Vermögen, das sehr beträchtlich war, mehrere Millionen vergeuden lassen. Wie? Wozu? Auf welche Weise? Das weiß niemand, sie weiß es selber nicht einmal. Ich habe es schon vor dreizehn Jahren erlebt, wie sie in zwanzig Monaten das Vermögen eines reizenden Jungen und das eines alten Notars dazu verschlang.« »Vor dreizehn Jahren?« sagte d'Arthez; »wie alt ist sie denn?« »Haben Sie denn bei Tisch nicht ihren Sohn gesehen, den Herzog von Maufrigneuse,« erwiderte Rastignac lachend, »einen jungen Mann von neunzehn Jahren? Neunzehn und siebzehn machen...« »Sechsunddreißig!« rief der Schriftsteller erstaunt; »ich hielt sie für zwanzig!« »Das wird sie gelten lassen,« sagte Rastignac; »aber seien Sie darüber unbesorgt; für Sie wird sie immer zwanzig Jahre alt bleiben. Sie wandeln im Reich der Phantasie. – Guten Abend, da sind Sie ja zu Hause,« sagte der Baron, als er sah, daß sein Wagen in die Rue de Bellefond einbog, wo d'Arthez ein hübsches Haus für sich bewohnte. »Wir sehen uns im Laufe der Woche bei Fräulein Des Touches.«

D'Arthez ließ die Liebe in sein Herz eindringen, wie unser Onkel Tobias es tut, nämlich ohne den geringsten Widerstand zu leisten; so war ihr Weg der der kritiklosen Anbetung, der ausschließlichen Bewunderung. Die Fürstin, dieses schöne Geschöpf, eine der bemerkenswertesten Schöpfungen des ungeheuerlichen Paris, wo im Guten wie im Schlimmen alles möglich ist, wurde, wie abgenutzt das Wort auch durch das Unglück der Zeit geworden ist, zum erträumten Engel. Um die plötzliche Verwandlung des erlauchten Schriftstellers ganz zu verstehen, müßte man wissen, wieviel Unschuld die Einsamkeit und die beständige Arbeit dem Herzen lassen; wieviel Begierden und Phantasien die Liebe, die zum Bedürfnis gemacht wird und einer unedlen Frau gegenüber peinlich geworden ist, im Herzen entwickelt, wieviel Neue sie erregt und wieviel göttliche Empfindungen sie in den höchsten Regionen der Seele weckt. D'Arthez war wirklich noch das Kind, noch der Schüler, den der Takt der Fürstin genau erraten hatte. Eine sehr ähnliche Erleuchtung hatte sich bei der schönen Diana vollzogen, Sie war also endlich jenem überlegenen Manne begegnet, nach dem alle Frauen sich sehnen, und wäre es nur, um mit ihm zu spielen: der Macht, der sie zu gehorchen bereit sind, und wäre es nur um des Vergnügens willen, sie doch auch zu beherrschen; sie fand endlich die Größe des Geistes verbunden mit der Naivität des Herzens und der Unerfahrenheit in der Leidenschaft; und dann sah sie zu ihrem unerhörten Glück all diese Reichtümer in einem Äußern vereinigt, das ihr gefiel. D'Arthez schien ihr schön zu sein; vielleicht war er es. Obwohl er dicht vor dem ernsten Alter des Mannes stand, in seinem achtunddreißigsten Jahre, bewahrte er doch noch jene Jugendblüte, die er seinem nüchternen und keuschen Leben verdankte; und gleich allen sitzenden Menschen, gleich den Staatsmännern zeigte er eine mäßige Beleibtheit. In seiner frühesten Jugend hatte er eine unbestimmte Ähnlichkeit mit Bonaparte als General gehabt. Diese Ähnlichkeit bestand noch immer, soweit ein Mensch mit schwarzen Augen und dichtem dunkelbraunen Haar jenem Herrscher mit den blauen Augen und dem hellbraunen Haar gleichen kann. Aber der brennende und edle Ehrgeiz, der ehemals in Daniels Augen gelegen hatte, war durch den Erfolg gleichsam milde geworden. Die Gedanken, mit denen seine Stirn schwanger ging, hatten geblüht, die hohlen Linien seines Gesichts hatten sich ausgefüllt. Da, wo in seiner Jugend das Elend die braunen Töne jener Temperamente hingestrichen hatte, die sich hartnäckig anspannen, um zermalmende und dauernde Kämpfe zu ertragen – da hatte das Wohlsein goldene Töne ausgebreitet. Wenn man sich die schönen Gesichter der antiken Philosophen sorgfältig ansieht, so wird man in ihnen stets jene Abweichungen vom vollkommenen Typus des menschlichen Gesichts finden, denen jede Physiognomie ihre Originalität verdankt; und diese Abweichungen werden korrigiert durch die Gewohnheit des Nachdenkens, durch die beständige Ruhe, die für geistige Arbeit notwendig ist. Die durchwühltesten Gesichter, wie zum Beispiel das des Sokrates, erhalten auf die Dauer eine fast göttliche Heiterkeit. Mit der edlen Einfalt, die seinen Kaiserkopf zierte, verband d'Arthez den Ausdruck der Naivität, die Natürlichkeit der Kinder und ein rührendes Wohlwollen. Jene Höflichkeit, die stets von Falschheit erfüllt ist, kannte er nicht – die Höflichkeit, durch die in unserer Welt die besterzogenen und liebenswürdigsten Menschen Eigenschaften vortäuschen, die ihnen oft fehlen und deren Mangel die verletzt, die erkennen, daß sie sich haben täuschen lassen. Er konnte vermöge seiner Isolierung ein paar gesellschaftliche Gesetze verletzen; aber da er niemals wirklich Anstoß erregte, so machte dieser Duft der Wildheit die Liebenswürdigkeit, die hochbegabten Männern eigen ist, noch anmutiger; sie verstehen, ihre Überlegenheit zu Hause abzulegen und zur Stufe der Gesellschaft hinabzusteigen, um nach Art Heinrichs IV. den Kindern ihren Rücken und den Tröpfen ihren Geist darzubieten.

Die Fürstin stellte, als sie nach Hause kam, ebensowenig Erörterungen mit sich selber an, wie d'Arthez sich gegen den Zauber wehrte, mit dem sie ihn gefangen hatte. Alles war für sie entschieden: sie liebte mit all ihrem Wissen und ihrer Unbewußtheit. Wenn sie sich eine Frage stellte, so war es die, ob sie ein so großes Glück verdiente und was sie dem Himmel geleistet hatte, daß er ihr einen solchen Engel sandte. Sie wollte dieser Liebe würdig werden, wollte sie dauernd und sich selber auf ewig zu eigen machen, um ihr früheres Leben, das einer hübschen Frau, in dem Paradies enden zu lassen, das sie vor sich sah. An Widerstand, Neckerei oder Koketterie dachte sie nicht einmal. Sie dachte an ganz andere Dinge! Sie hatte die Größe der genialen Männer begriffen und erraten, daß sie auserwählte Frauen keinen gewöhnlichen Gesetzen unterwerfen. Daher hatte sie sich auch in jener raschen Erkenntnis, wie sie weiblichen großen Geistern eigen ist, vorgenommen, sich der ersten Begierde gegenüber schwach zu zeigen. Sie kannte nach diesem ersten Zusammentreffen Daniels Charakter gut genug, um zu vermuten, daß diese Begierde nicht eher ausgesprochen werden würde, als bis sie Zeit gehabt hätte, sich zu dem zu machen, was sie in den Augen dieses herrlichen Liebhabers sein wollte und sein mußte.

Hier beginnt nun eine jener unbekannten Komödien, die sich im Innern des Bewußtseins zwischen zwei Wesen abspielen, von denen das eine sich vom andern täuschen läßt und die die Grenzen der Unnatur zurückschieben; eins jener düsteren und zugleich komischen Dramen, neben denen das Drama von Tartüffe eine Nichtigkeit ist; aber sie gehören nicht etwa dem Wirkungsbereich der Bühne an; nein, obwohl alles an ihnen außerordentlich ist, sind sie selber doch ganz natürlich, herkömmlich und durch die Notwendigkeit gerechtfertigt; man müßte dieses furchtbare Drama das Gegenspiel des Lasters nennen. Die Fürstin ließ sich zunächst sämtliche Werke von d'Arthez holen, denn sie hatte noch kein Wort von ihm gelesen; und trotzdem hatte sie zwanzig Minuten lang, ohne sich zu vergreifen, ihm ihre lobreiche Anerkennung ausgesprochen. Sie las zunächst alles. Dann wollte sie seine Bücher mit dem Besten vergleichen, was die zeitgenössische Literatur hervorbrachte. An dem Tage, als d'Arthez sie besuchte, hatte sie sich geistig übernommen. Während sie diesen Besuch erwartete, hatte sie jeden Tag ausgesuchte Toilette gemacht – eine Toilette, die einen Gedanken ausdrückt und diesem Gedanken durch die Augen Eingang verschafft, ohne daß man weiß wie und weshalb. Sie bot den Blicken eine harmonische Zusammenstellung grauer Farben dar, eine Art Halbtrauer, anmutig und voll Hingebung, die Kleidung einer Frau, die nur noch durch ein paar natürliche Bande, vielleicht durch ihr Kind, ans Leben gefesselt wurde und die sich darin langweilte. Sie verriet einen eleganten Ekel, der jedoch nicht bis zum Selbstmord ging; sie lebte eben ihre Zeit im irdischen Bagno ab. Sie empfing d'Arthez wie eine Frau die ihn erwartete und als wäre er schon hundertmal bei ihr gewesen; sie erwies ihm die Ehre, ihn wie einen alten Bekannten zu behandeln; sie machte es ihm durch eine einzige Geste behaglich, indem sie nämlich nach dem Sofa wies, damit er sich setzte, während sie einen begonnenen Brief zu Ende schrieb. Die Unterhaltung begann auf die allergewöhnlichste Art: das Wetter, das Ministerium, de Marsays Krankheit, die Hoffnungen der Legitimisten. D'Arthez war Absolutist; die Fürstin mußte die Anschauungen eines Mannes kennen, der in der Kammer unter den fünfzehn oder zwanzig Leuten saß, die die legitimistische Partei vertraten; sie fand Gelegenheit, ihm zu erzählen, wie sie de Marsay an der Nase herumgeführt hatte; dann lenkte sie Daniels Aufmerksamkeit durch einen Übergang, den ihr die Ergebenheit des Fürsten von Cadignan für die königliche Familie und für Madame lieferte, auf den Fürsten.

»Er hat wenigstens das eine für sich, daß er seine Herren liebt und ihnen ergeben ist,« sagte sie. »Sein öffentlicher Charakter tröstet mich über all die Leiden hinweg, die mir sein privater Charakter bereitet hat. Denn«, fuhr sie fort, indem sie den Fürsten geschickt fallen ließ, »haben Sie noch nicht bemerkt, Sie, der Sie alles wissen, daß die Männer zwei Charaktere haben? Sie haben den einen für ihr Heim, für ihre Frauen, für ihr geheimes Leben, und das ist der wahre; da gibt es keine Maske mehr, keine Verstellung; da machen sie sich nicht die Mühe, zu lügen; sie sind, was sie sind, und oft sind sie grauenhaft. Die Welt aber, die andern, die Salons, der Hof, der Herrscher und die Politik sehen sie als groß, edel und adlig, in ihrem mit Tugenden bestickten Kostüm, mit schönen Worten geziert und ausgestattet mit ausgezeichneten Eigenschaften. Was für eine grauenhafte Komik! Und man erstaunt bisweilen über das Lächeln gewisser Frauen, über ihr überlegenes Wesen ihren Männern gegenüber, über ihre Gleichgültigkeit!...«

Sie ließ ihre Hand, ohne den Satz zu beenden, an der Lehne ihres Sessels entlang hinunterfallen, und diese Geste ergänzte ihre Worte wundervoll. Da sie sah, daß d'Arthez damit beschäftigt war, ihre biegsame Gestalt zu beobachten, die sich so hübsch in ihren weichen Sessel schmiegte, daß er das Spiel ihres Kleides und die eingekrausten Fältchen über dem Schnürleib betrachtete, die den Frauen nur stehen, wenn sie schlank genug sind, so nahm sie den Faden ihrer Gedanken wieder auf, als spräche sie mit sich selber: »Ich fahre nicht fort. Es ist Ihnen, den Schriftstellern, glücklich gelungen, die Frauen lächerlich zu machen, die sich als verkannt ausgeben, die unglücklich verheiratet sind, die sich dramatisch und interessant machen, und mir scheint dies Gebaren auch wirklich im höchsten Grade bürgerlich zu sein. Man beugt sich, und damit gut; oder man leistet Widerstand und amüsiert sich. In beiden Fällen muß man schweigen. Freilich habe ich mich weder ganz zu beugen, noch ganz Widerstand zu leisten gewußt; aber vielleicht war das nur ein um so ernsterer Grund, Schweigen zu bewahren. Welche Dummheit von den Frauen, sich zu beklagen! Wenn sie nicht die Stärkeren geblieben sind, so hat es ihnen an Geist, Takt, Feinheit gefehlt, und sie verdienen ihr Schicksal. Sind sie in Frankreich nicht Königinnen? Sie machen sich über Sie lustig, wie sie wollen, wann sie wollen und solange sie wollen.« Sie ließ in einer wundervollen Bewegung voll weiblicher Keckheit und spöttischer Lustigkeit ihre Riechdose tanzen. »Ich habe oft gehört, wie elende kleine Wesen bedauerten, daß sie Frauen wären; sie wollten Männer sein; ich habe sie stets nur voll Mitleid betrachtet,« sagte sie, indem sie fortfuhr. »Wenn ich zu wählen hätte, so würde ich noch heute vorziehen, Frau zu sein. Welch ein Vergnügen, seine Triumphe der Macht und all den Kräften zu verdanken, die uns die von Ihnen erlassenen Gesetze geben! Aber wenn wir Sie zu unsern Füßen sehen, wenn Sie Dummheiten reden und begehen, ist es dann nicht wieder ein berauschendes Glück, in sich die triumphierende Schwäche zu fühlen? Wenn wir Erfolg haben, müssen wir also Schweigen bewahren, bei Strafe, unsere Herrschaft einzubüßen. Und wenn die Frauen geschlagen werden, so müssen sie aus Stolz schwelgen. Das Schweigen des Sklaven beängstigt den Herrn.«

Dieses Geschwätz wurde mit einer so sanft spöttischen, so niedlichen Stimme und unter so koketten Kopfbewegungen vorgetragen, daß d'Arthez, dem diese Art der Frau ganz unbekannt war, wie das Rebhuhn dastand, das vom Jagdhund gestellt ist.

»Ich bitte Sie, gnädige Frau,« sagte er schließlich, »erklären Sie mir, wie ein Mann Ihnen hat Leiden verursachen können, und seien Sie überzeugt, daß Sie vornehm blieben, wo alle andern Frauen vulgär würden, wenn Sie auch nicht über die Dinge auf eine Art zu reden wüßten, die selbst ein Kochbuch interessant machen könnte.« »Sie machen schnelle Fortschritte in der Freundschaft,« sagte sie in einem ernsten Ton, der d'Arthez nachdenklich und besorgt machte.

Das Thema wechselte, die Stunde rückte vor. Der arme geniale Mann ging voller Zerknirschung davon, weil er sich neugierig gezeigt und dieses Herz verletzt hatte; er glaubte, diese Frau habe über die Maßen gelitten. Sie hatte ihr Leben damit hingebracht, daß sie sich amüsierte; sie war ein echter weiblicher Don Juan gewesen, doch mit dem Unterschied, daß sie die Statue aus Stein nicht zum Nachtmahl eingeladen hatte; und sicherlich wäre sie auch mit der Statue fertig geworden.

Es ist nicht möglich, diese Erzählung weiterzuführen, ohne ein Wort über den Fürsten von Cadignan zu sagen, der unter dem Namen des Herzogs von Maufrigneuse besser bekannt ist; sonst büßten die wunderbaren Erfindungen der Fürstin ihre Würze ein, und Fremde würden nichts mehr von der furchtbaren pariserischen Komödie verstehen, die sie um eines Mannes willen spielte. Der Herr Herzog von Maufrigneuse ist als echter Sohn des Fürsten von Cadignan ein langer und dürrer Mann von den elegantesten Formen, ein Mann voller Liebenswürdigkeit, der reizende Dinge sagt; er wurde Oberst von Gottes Gnaden, und durch einen Zufall ein guter Offizier; im übrigen ist er tapfer wie ein Pole, und er verbirgt die Leere seines Kopfes unter der Redeweise des Heeres. Schon mit sechsunddreißig Jahren zeigte er dem schönen Geschlecht gezwungenermaßen dieselbe Gleichgültigkeit wie der König Karl X., sein Herr; er wurde gleich seinem Herrn dafür bestraft, daß er in seiner Jugend gleich ihm zu sehr gefallen hatte. Achtzehn Jahre lang war er der Abgott des Faubourg Saint-Germain gewesen und hatte wie alle Söhne großer Häuser ein Leben der Zerstreuung geführt, das einzig von Genüssen ausgefüllt wurde. Sein Vater, den die Revolution ruiniert hatte, hatte bei der Rückkehr der Bourbonen auch sein Amt, die Verwaltung eines königlichen Schlosses, seine fürstlichen Ehrenbezeigungen und seine Pensionen zurückerhalten; aber dieses künstliche Vermögen verzehrte der alte Fürst ganz allein, denn er blieb der große Herr, der er vor der Revolution gewesen war; und als die Indemnitätsakte kam, wurden also die Summen, die er erhielt, durch den Luxus verschlungen, den er in seinem ungeheuren Hause entfaltete, dem einzigen Immobilienbesitz, den er noch vorfand und dessen größeren Teil seine Schwiegertochter innehatte.

Der Fürst von Cadignan starb einige Zeit vor der Julirevolution im Alter von siebenundachtzig Jahren. Er hatte seine Frau ruiniert und stand lange mit dem Herzog von Navarreins auf gespanntem Fuße; dieser Herzog hatte in erster Ehe seine Tochter zur Frau gehabt, und er leistete ihm nur unter Schwierigkeiten seine Abrechnungen. Der Herzog von Maufrigneuse hatte zu der Herzogin von Uxelles in Beziehungen gestanden. Als Herr von Maufrigneuse gegen 1814 sechsunddreißig Jahre alt wurde, gab die Herzogin ihm, da er arm war, sich aber mit dem Hofe gut stand, ihre Tochter zur Frau, die etwa fünzig- oder sechzigtausend Franken Rente hatte, nicht zu zählen, was sie von ihr selber erwarten konnte. So wurde Fräulein d'Uxelles Herzogin, und ihre Mutter wußte, daß sie sich wahrscheinlich der größten Freiheit erfreuen würde. Nachdem der Herzog das unverhoffte Glück erlebt hatte, daß er einen Erben erhielt, ließ er seiner Frau vollkommene Bewegungsfreiheit und zog von Garnison zu Garnison, um sich zu amüsieren, indem er nur den Winter in Paris verbrachte und Schulden machte, die sein Vater stets bezahlte. Er bekannte sich in ehelichen Dingen zur größten Nachsicht und warnte die Herzogin stets acht Tage vor seiner Rückkehr nach Paris. Er wurde von seinem Regiment angebetet und vom Dauphin geliebt; er war ein gewandter Hofmann, spielte ein wenig und war im übrigen frei von jeder Ziererei; nie konnte die Herzogin ihn dazu überreden, daß er sich wenigstens um des Scheines willen und aus Rücksicht auf sie, wie sie scherzend sagte, ein Mädchen von der Oper nähme. Der Herzog, der die Anwartschaft auf das Amt seines Vaters hatte, wußte sich bei beiden Königen, bei Ludwig XVIII. und Karl X., beliebt zu machen, was beweist, daß er seine Nichtigkeit recht gut ausnutzte; aber dieses Verhalten und dieses Leben, das alles war vom schönsten Firnis überdeckt. Sprache, Adel der Formen und Haltung waren vollkommen; selbst die Liberalen liebten ihn. Es war ihm nicht möglich, die Überlieferung der Cadignans hochzuhalten, die nach dem alten Fürsten dafür bekannt waren, daß sie ihre Frauen ruinierten, denn die Herzogin verzehrte ihr Vermögen allein. Diese Einzelheiten wurden in der Welt des Hofes und im Faubourg Saint-Germain so bekannt, daß man sich während der letzten fünf Jahre der Restauration über den, der darüber hätte sprechen wollen, genau so lustig gemacht hätte, wie wenn er hätte vom Tode Turennes oder Heinrichs IV. reden wollen. Keine Frau sprach von diesem reizenden Herzog, ohne sein Lob zu singen. Er hatte sich seiner Frau gegenüber vollendet benommen; es war schwer für einen Mann, seiner Frau so viel Güte zu bezeigen, wie Maufrigneuse der Herzogin bezeigte; er hatte sie frei über ihr Vermögen verfügen lassen und hatte sie bei jeder Gelegenheit verteidigt und gestützt... Sei es Stolz, sei es Güte, sei es

Ritterlichkeit, gewiß ist, daß Herr von Maufrigneuse die Herzogin oftmals unter Umständen gerettet hatte, wo jede andere Frau zugrunde gegangen wäre; und das trotz ihrer Umgebung, trotz des Ansehens der alten Herzogin von Uxelles, des Herzogs von Navarreins, ihres Schwiegervaters und der Tante ihres Gatten. Heute gilt der Fürst von Cadignan als einer der schönsten Charaktere der Aristokratie. Vielleicht ist die Treue in der Not einer der schönsten Siege, die ein Höfling über sich selber davontragen kann. Die Herzogin von Uxelles war fünfundvierzig Jahre alt, als sie ihre Tochter mit dem Herzog von Maufrigneuse verheiratete; sie sah also seit langem ohne Eifersucht, ja mit Interesse den Erfolgen ihres einstigen Freundes zu. Im Augenblick der Heirat ihrer Tochter und des Herzogs zeigte ihr Verhalten einen Adel, der die Unmoral dieser Verbindung vor Angriffen rettete. Trotzdem fand die Bosheit der Leute vom Hofe Ursache zu spötteln, indem man behauptete, dieses schöne Verhalten koste der Herzogin nicht viel, obwohl sie sich ungefähr seit fünf Jahren der Frömmigkeit und der Reue jener Frauen ergeben hatte, die für vieles der Verzeihung bedürfen.

Seit mehreren Tagen zeichnete die Fürstin sich immer mehr durch ihre Kenntnisse in der Literatur aus. Sie ging dank täglicher und nächtlicher Lektüre, die sie mit einer höchsten Lobes würdigen Unerschrockenheit verfolgte, in größter Kühnheit an die schwierigsten Fragen. D'Arthez war verblüfft; er konnte nicht argwöhnen, daß Diana d'Uxelles abends repetierte, was sie morgens gelesen hatte, wie es viele Schriftsteller tun; und also hielt er sie für eine ganz überlegene Frau. Solche Unterhaltungen lenkten Diana vom Ziel ab, und sie versuchte, wieder auf das Gelände der vertraulichen Mitteilungen zu kommen, aus dem er sich vorsichtig zurückgezogen hatte; aber es wurde ihr nicht leicht, einen Mann von seiner Art dorthin zurückzuleiten, nachdem er einmal scheu geworden war. Immerhin wurde d'Arthez nach einem Monat literarischer Feldzüge und schöner platonischer Reden kühner und kam jeden Tag um drei Uhr. Um sechs Uhr zog er sich zurück; und abends um neun Uhr erschien er nochmals, um dann mit der Regelmäßigkeit eines ungeduldigen Liebhabers bis Mitternacht oder ein Uhr morgens zu bleiben. Die Fürstin war um die Stunde, um die d'Arthez sich einstellte, stets mehr oder minder sorgfältig gekleidet. Diese gegenseitige Treue, die Mühe, die sie sich umeinander machten – all das sprach von Empfindungen, die sie sich nicht einzugestehen wagten; denn die Fürstin erriet wundervoll, daß dieses große Kind vor einer Aussprache Angst hatte im gleichen Maße, wie sie selbst Lust zu einer solchen hatte. Nichtsdestoweniger legte d'Arthez in seine beständigen stummen Erklärungen eine Achtung hinein, die der Fürstin unendlich gefiel. Beide fühlten sich von Tag zu Tag um so enger verbunden, als sie im Gang ihrer Gedanken nichts Ausgemachtes oder bestimmt Erklärtes fesselte, wie wenn zwischen zwei Liebenden auf der einen Seite formelle Forderungen stehen und auf der andern eine aufrichtige oder kokette Verteidigung. Gleich allen jungen Leuten, die jünger sind, als sie nach ihren Jahren sein könnten, wurde d'Arthez von jener aufregenden Unentschlossenheit gequält, die von der Macht des Verlangens und der Angst davor, zu mißfallen, erzeugt wird, eine Lage, von der eine junge Frau nichts versteht, wenn sie sie teilt, die aber die Fürstin zu oft geschaffen hatte, um ihre Genüsse nicht auszukosten. Daher freute sich Diana dieser köstlichen Kindereien auch um so mehr, als sie genau wußte, wie sie ihnen ein Ende machen konnte. Sie glich einem großen Künstler, der sich in den unbestimmten Linien einer Skizze gefällt, weil er gewiß ist, in einer inspirierten Stunde das noch in den Windeln der Kindheit schwebende Kunstwerk vollenden zu können. Wie oft gefiel sie sich nicht, wenn sie sah, daß d'Arthez bereit war, einen Schritt vorwärts zu tun, darin, ihn durch eine imposante Miene zurückzuhalten! Sie wies die heimlichen Stürme dieses jungen Herzens mit einem Blick ab, weckte sie wieder und beruhigte sie, indem sie ihm die Hand zum Kuß reichte oder mit bewegter und gerührter Stimme bedeutungslose Worte sagte. Dieser kühl überlegte, aber göttlich gespielte Kunstgriff grub ihr Bild immer tiefer in die Seele dieses geistvollen Schriftstellers ein, den sie an ihrer Seite gern zum Kinde machte, zu einem vertrauenden, schlichten und beinahe einfältigem Kinde; aber bisweilen hielt sie auch in sich selber Einkehr, und dann war es ihr nicht möglich, das Gemisch von so viel Größe und so viel Unschuld nicht zu bewundern. Das Spiel der großen Kokette fesselte sie unvermerkt selber an ihren Sklaven. Endlich aber wurde Diana diesem verliebten Epiktet gegenüber ungeduldig; und als sie glaubte, ihn zur vollkommensten Gläubigkeit vorbereitet zu haben, schickte sie sich an, ihm die dichteste Binde vor die Augen zu legen.

Eines Abends fand Daniel die Fürstin nachdenklich; sie hatte einen Ellbogen auf einen kleinen Tisch gestützt, und ihr schöner Blondkopf wurde von der Lampe mit Licht übergossen; sie spielte mit einem Brief, den sie auf dem Tischläufer tanzen ließ. Als d'Arthez dieses Papier gesehen haben mußte, faltete sie es schließlich zusammen und steckte es in den Gürtel. »Was haben Sie?« fragte d'Arthez; »Sie scheinen unruhig zu sein.« »Ich habe einen Brief von Herrn von Cadignan erhalten,« erwiderte sie. »So schweres Unrecht er mir auch angetan hat, so dachte ich doch, als ich seinen Brief gelesen hatte, daran, daß er verbannt und ohne Familie ist und seinen Sohn, den er liebt, nicht bei sich hat.«

Diese Worte, die mit seelenvoller Stimme gesprochen wurden, verrieten engelhafte Empfindsamkeit. D'Arthez war bis ins tiefste gerührt. Die Neugier des Liebhabers wurde sozusagen zu einer fast psychologischen und literarischen Neugier. Er wollte wissen, wie groß diese Frau war, auf welche Beschimpfungen ihr Verzeihen sich erstreckte und wie die Frauen der Gesellschaft, die man der Frivolität, der Herzenshärte und des Egoismus bezichtigte, Engel sein konnten. Da er sich entsann, schon einmal abgewiesen worden zu sein, als er dieses himmlische Herz hatte kennen lernen wollen, trat ihm gleichsam ein Zittern in die Stimme, während er die durchsichtige, schmächtige Hand Dianas mit den spindelförmig zulaufenden Fingern ergriff und zu ihr sprach: »Sind wir jetzt befreundet genug, damit Sie mir sagen, was Sie gelitten haben? Ihr einstiger Kummer kann an dieser Gedankenversunkenheit nicht unbeteiligt sein.« »Ja,« sagte sie, und diese Silbe klang wie der süßeste Ton, den jemals eine Flöte hingehaucht hat.

Sie sank in ihre Träumerei zurück, und ihre Augen verschleierten sich. Daniel blieb, von der Feierlichkeit des Augenblicks durchdrungen, in angstvoller Erwartung stehen. Seine Dichterphantasie zeigte ihm gleichsam Wolken, die langsam zergingen, indem sie ihm das Heiligtum enthüllten, darin er zu Gottes Füßen das gesegnete Lamm erblicken sollte. »Nun?...« sagte er mit sanfter und ruhiger Stimme.

Diana blickte den zärtlichen Ritter an; dann senkte sie langsam die Augen und ließ in einer Bewegung, die die edelste Scham verriet, die Lider sinken. Nur ein Ungeheuer hätte in der anmutigen

Wellenbewegung, mit der die boshafte Fürstin den hübschen kleinen Kopf wieder hob, um noch einen Blick in die gierigen Augen dieses großen Mannes zu tauchen, Heuchelei zu sehen vermocht.

»Kann ich es? Darf ich es?« sagte sie, indem sie eine Bewegung des Zögerns machte und d'Arthez mit dem wundervollsten Ausdruck träumerischer Zärtlichkeit ansah. »Die Männer haben in solchen Dingen so wenig Gewissen! Sie halten sich so wenig für verpflichtet, zu schweigen.« »Oh, wenn Sie mir mißtrauen, wozu bin ich dann hier?« rief d'Arthez. »Ach, mein Freund,« erwiderte sie, indem sie seinen Ausruf als unwillkürliches Geständnis gelten ließ, »wenn eine Frau sich für ihr Leben bindet, rechnet sie da? Es handelt sich nicht um meine Weigerung – was kann ich Ihnen verweigern? – sondern um die Vorstellung, die Sie von mir haben werden, wenn ich rede. Ich will Ihnen gern anvertrauen, in welcher seltsamen Lage ich mich in meinem Alter sehe; aber was würden Sie von einer Frau denken, die die geheimsten Wunden der Ehe aufdeckte, die die Geheimnisse eines anderen verriete? Turenne hielt auch den Dieben sein Wort; bin ich nicht meinen Henkern die Redlichkeit Turennes schuldig?« »Haben Sie irgend jemandem Ihr Wort gegeben?« »Herr von Cadignan hielt es nicht für nötig, Verschwiegenheit von mir zu verlangen. Wollen Sie denn mehr von mir als meine Seele? Tyrann! Sie wollen also, daß ich meine Redlichkeit in Ihnen begrabe?« sagte sie, indem sie einen Blick auf d'Arthez warf, durch den sie dieser falschen Vertraulichkeit mehr Wert verlieh als ihrem ganzen Ich. »Sie machen einen gar zu gewöhnlichen Mann aus mir, wenn Sie von mir das geringste Übel fürchten,« sagte er mit schlecht verhehlter Bitterkeit. »Verzeihung, mein Freund,« erwiderte sie, indem sie seine Hand ergriff, betrachtete, in ihre Hände nahm und streichelte: sie ließ ihre Finger mit einer Bewegung der größten Sanftheit über sie hingleiten. »Ich weiß, was Sie wert sind. Sie haben mir Ihr ganzes Leben erzählt; es ist edel, es ist schön, es ist erhaben, es ist Ihres Namens würdig; vielleicht bin ich Ihnen dafür auch meines schuldig? Aber ich fürchte in diesem Augenblick, in Ihren Augen zusammenzusinken, wenn ich Ihnen Geheimnisse erzähle, die nicht mir allein gehören. Und dann werden Sie, ein Mann der Einsamkeit und der Poesie, vielleicht nicht einmal an die Greuel der Welt glauben können. Ach, Sie wissen nicht, wenn Sie Ihre Dramen erfinden, daß sie durch jene übertroffen werden, die sich im Schoße der scheinbar einigsten Familien abspielen. Sie kennen die Tragweite manches vergoldeten Unglücks nicht.« »Ich weiß alles,« rief er aus. »Nein,« erwiderte sie; »Sie wissen nichts. Darf eine Tochter jemals ihre Mutter preisgeben?«

Als d'Arthez dieses Wort vernahm, glich er einem Manne, der sich in schwarzer Nacht in den Alpen verirrt und der beim ersten Morgenlicht erkennt, daß er über einem bodenlosen Abgrund steht. Er sah die Fürstin mit stumpfem Blick an; es lief ihm kalt den Rücken hinunter. Diana glaubte einen Augenblick, dieser geniale Mann sei ein schwacher Geist, aber sie erkannte in seinen Augen einen Glanz, der sie beruhigte.

»Kurz, Sie sind für mich fast zum Richter geworden,« sagte sie mit dem Ausdruck der Verzweiflung. »Kraft des Rechtes, das jedes verleumdete Wesen hat, sich in seiner Unschuld zu zeigen, darf ich reden. Man hat mich so großer Leichtfertigkeit, so vieler schlimmen Dinge angeklagt, und man klagt mich ihrer noch heute an – soweit man sich der armen Eremitin entsinnt, die durch die Welt gezwungen wurde, aus eben der Welt zu scheiden –, daß es mir wohl erlaubt sein kann, mir in dem Herzen, in dem ich eine Zuflucht finde, eine Stellung zu verschaffen, aus der ich nicht zu verjagen bin. Ich habe in der Rechtfertigung stets einen starken Eingriff in das Recht der Unschuld erblickt, und deshalb habe ich es auch stets verschmäht, zu reden. Und an wen sollte ich auch wohl das Wort richten? So grausame Dinge darf man nur Gott anvertrauen oder jemandem, der ihm nahezustehen scheint, einem Priester zum Beispiel, oder schließlich einem andern Selbst. Nun, wenn meine Geheimnisse dort...« (und sie legte d'Arthez ihre Hand aufs Herz) »nicht ebensogut aufgehoben sind, wie sie es hier waren...« (und sie bog mit der Spitze ihrer Finger den Rand ihrer Schnürbrust nach innen) – »dann sind Sie nicht der große d'Arthez, dann bin ich getäuscht worden.«

Eine Träne trat d'Arthez in die Augen, und Diana verschlang diese Träne mit einem Seitenblick, bei dem sie weder die Wimper noch den Augapfel bewegte. Der Blick war gewandt und scharf wie die Bewegung einer Katze, die eine Maus fängt. D'Arthez wagte seit sechzig Tagen voller Vorreden endlich, ihre linde, duftende Hand zu ergreifen; er führte sie an die Lippen und drückte einen langen

Kuß darauf, den er in so zarter Wollust vom Handgelenk bis zu den Nägeln gleiten ließ, daß die Fürstin den Kopf senkte und sich sehr viel von der Literatur versprach. Sie sagte sich, die genialen Leute müßten viel vollkommener lieben als die Gecken, die Leute der Gesellschaft, die Diplomaten und selbst die Offiziere, die gleichwohl sonst nichts zu tun haben. Sie war Kennerin und wußte, daß der für die Liebe begabte Charakter sich gewissermaßen in einem Nichts verrät. Eine wissende Frau kann ihre Zukunft in einer einfachen Geste lesen, so wie Cuvier, wenn er einen Bruchteil einer Tatze sah, sagen konnte: »Dieser Knochen gehört einem Tier von der und der Größe, einem Tier mit oder ohne Hörner, einem Fleischfresser, einem Pflanzenfresser, einer Amphibie usw. an, die vor so und so viel tausend Jahren gelebt haben.« Da sie überzeugt war, bei d'Arthez in der Liebe ebensoviel Phantasie zu finden, wie er in seinen Stil hineinlegte, so hielt sie es für nötig, ihn bis zum höchsten Grade der Leidenschaft und des Glaubens zu treiben. Sie zog ihre Hand mit einer wundervollen Geste voller Erregung zurück. Hätte sie gesagt: »Hören Sie auf, Sie töten mich!« so hätte sie weniger deutlich gesprochen. Einen Augenblick ließ sie ihre Augen in Daniels Augen ruhen, und sie drückten zugleich Glück, Prüderie, Furcht, Vertrauen, Schmachten, unbestimmtes Verlangen und jungfräuliche Scham aus. Jetzt war sie wirklich erst zwanzig Jahre alt! Aber man bedenke auch, daß sie sich auf diese Stunde der lächerlichen Lüge mit einer unerhörten Toilettekunst vorbereitet hatte; sie lag in ihrem Sessel gleich einer Blume, die beim ersten Kuß der Sonne aufblühen soll. Ob sie nun trog oder wahr blieb, sie berauschte Daniel.

Wenn es erlaubt ist, hier eine persönliche Ansicht einzuflechten, so will ich gestehen, daß es köstlich wäre, lange so getäuscht zu werden. Sicherlich hat Talma auf der Bühne die Natur oft übertroffen. Aber ist nicht die Fürstin von Cadignan die größte Schauspielerin unserer Zeit? Dieser Frau fehlt nur ein aufmerksames Parkett. Zum Unglück verschwinden die Frauen in Zeiten, die von politischen Stürmen aufgepeitscht werden, gleich den Wasserlilien, die, um zu blühen und sich vor unsern entzückten Augen auszubreiten, einen klaren Himmel und die lauesten Westwinde nötig haben.

Die Stunde war gekommen; Diana stand im Begriff, den großen Mann in die unentwirrbaren Schlingen eines von langer Hand vorbereiteten Romans zu verwickeln, dem er lauschen mußte, wie in den schönsten Tagen des christlichen Glaubens ein Neubekehrter der Predigt eines Apostels lauschte. »Lieber Freund, meine Mutter, die noch heute zu Uxelles lebt, hat mich 1814 in meinem siebzehnten Jahre – Sie sehen, ich bin schon recht alt – mit Herrn von Maufrigneuse verheiratet; und zwar nicht, weil sie mich, sondern weil sie ihn liebte. Sie vergalt dem einzigen Manne, den sie geliebt hatte, alles Glück, das sie von ihm empfangen hatte. Oh, wundern Sie sich nicht weiter über dieses grauenhafte Auskunftsmittel; es wird oft benutzt. Viele Frauen sind bessere Liebhaberinnen als Mütter, wie die meisten bessere Mütter als Gattinnen sind. Diese beiden Empfindungen, die Liebe und die Mütterlichkeit, bekämpfen sich oft, wie sie nun einmal durch unsere Sitten entwickelt worden sind, im Herzen der Frauen; eine von beiden muß notwendig erliegen, wenn sie nicht an Kraft gleich sind; wo sie es sind, bilden einige Ausnahmefrauen den Ruhm unseres Geschlechts. Ein Mann von Ihrem Genie muß diese Dinge verstehen, die das Staunen der Dummköpfe bilden, die aber darum nicht minder wahr sind; ja, ich gehe noch weiter, sie lassen sich sogar durch die Unterschiede in den Charakteren, den Temperamenten, den Verbindungen und Lagen rechtfertigen. Ich zum Beispiel, wäre ich nicht nach zwanzig Jahren des Unglücks, der Enttäuschung, der Verleumdung, lastender Langeweile und hohlen Vergnügens in diesem Augenblick bereit, mich einem Manne, der mich aufrichtig und für immer lieben wollte, zu Füßen zu werfen? Nun, und würde ich nicht von der Welt verurteilt werden? Und wären nicht trotzdem zwanzig Jahre der Leiden eine Entschuldigung dafür, daß ich die zwölf Jahre der Schönheit, die ich noch vor mir habe, einer heiligen und reinen Liebe schenke? Es wird nicht sein, ich bin nicht dumm genug, um mein Verdienst in Gottes Augen zu mindern. Ich habe die Last des Tages und der Hitze bis zum Abend getragen, ich werde meinen Tag zu Ende leben und habe meinen Lohn verdient ...« »Welch ein Engel!« dachte d'Arthez. »Kurz, ich habe der Herzogin von Uxelles niemals gegrollt, weil sie Herrn von Maufrigneuse mehr geliebt hat als diese arme Diana hier. Meine Mutter hatte mich sehr wenig gesehen, sie hatte mich vergessen; aber sie hat sich mir gegenüber schlecht verhalten, einfach als Frau der Frau gegenüber; und was zwischen Frau und Frau schon schlecht ist, wird grauenhaft zwischen Mutter und Tochter. Die Mütter, die ein Leben gleich dem der Herzogin von

Uxelles führen, halten sich selber ihre Töchter fern; und also bin ich vierzehn Tage vor meiner Heirat in die Welt eingetreten. Denken Sie sich meine Unschuld! Ich wußte nichts, ich war nicht imstande, das Geheimnis dieser Verbindung zu durchschauen. Ich hatte ein schönes Vermögen: sechzigtausend Franken Rente in Wäldern, die die Revolution zu verkaufen vergessen hatte, unten in der Gegend von Nevers, oder die sie nicht hatte verkaufen können; sie gehörten zu dem schönen Schloß von Anzy. Herr von Maufrigneuse hatte so viel Schulden wie ein Sieb Löcher. Wenn ich auch später erfahren habe, was es heißt, Schulden zu haben, so wußte ich damals zu wenig vom Leben, um es zu ahnen. Die Ersparnisse, die sich aus meinem Vermögen ergeben hatten, dienten dazu, die Lage meines Gatten ins Gleichgewicht zu bringen. Herr von Maufrigneuse war achtunddreißig Jahre alt, als ich ihn heiratete; aber diese Jahre glichen den Kriegsjahren der Offiziere, sie zählten doppelt. Ach, er war mehr als sechsundsiebzig Jahre alt. Meine Mutter stellte mit vierzig Jahren noch Ansprüche, und ich stand zwischen einer doppelten Eifersucht. Was für ein Leben habe ich zehn Jahre lang geführt! ... Ach, wenn man wüßte, was diese arme, kleine, so viel beargwöhnte Frau gelitten hat! Von einer Mutter bewacht zu werden, die auf ihre Tochter eifersüchtig ist! Gott! ... Sie, der Sie Dramen schreiben, Sie werden niemals eins erfinden, das so schwarz und grausam ist wie dieses! Nach dem Wenigen, was ich von der Literatur verstehe, ist ein Drama in der Regel eine Folge von Ereignissen, Reden und Handlungen, die alle auf eine Katastrophe zueilen; aber in dem, wovon ich rede ist die grauenhafteste Katastrophe zu dauerndem Leben geworden! Es ist, als wäre morgens eine Lawine über Sie hinübergegangen und als käme sie abends wieder und müßte am folgenden Tage zum drittenmal stürzen. Mich friert, während ich mit Ihnen rede und während ich in die kalte und düstere Höhle ohne Ausgang hineinleuchte, in der ich gelebt habe. Wenn ich Ihnen alles sagen muß – die Geburt meines Kindes, das übrigens mein zweites Ich ist... Seine Ähnlichkeit mit mir wird Ihnen aufgefallen sein? Er hat mein Haar, meine Augen, den Schnitt meines Gesichts, meinen Mund, mein Lächeln, mein Kinn, meine Zähne... Nun, seine Geburt ist ein Zufall oder das Ergebnis einer Vereinbarung zwischen meiner Mutter und meinem Gatten. Ich bin noch lange nach meiner Hochzeit Mädchen geblieben; ich wurde gleichsam am Tage darauf verlassen; ich war Mutter, ohne Frau zu sein. Die Herzogin gefiel sich darin, meine Unwissenheit zu verlängern; und wenn eine Mutter dieses Ziel erreichen will, hat sie ihrer Tochter gegenüber grauenhafte Vorteile. Ich, die arme Kleine, die wie eine mystische Rose in einem Kloster aufgezogen worden war, ich wußte nichts von der Ehe; ich war spät entwickelt und fand mich sehr glücklich; ich freute mich des guten Einvernehmens und der Harmonie in unserer Familie. Endlich wurde ich von dem Gedanken an meinen Gatten – er gefiel mir nicht sehr und tat nichts, um sich liebenswürdig zu zeigen – durch die ersten Freuden der Mutterschaft vollkommen abgelenkt: diese Freuden waren um so größer, als ich vom Dasein anderer nichts ahnte. Man hatte mir so oft in die Ohren gesungen, wieviel Achtung eine Mutter sich selber schulde! Und außerdem liebt es jedes junge Mädchen, »die Mama zu spielen«. In meinem damaligen Alter ersetzt ein Kind beinahe die Puppe. Ich war so stolz darauf, daß ich diese schöne Blume hatte – denn Georg war schön, er war ein Wunder! Wie sollte man an die Welt denken, wenn man das Glück hat, einen kleinen Engel zu nähren und zu pflegen? Ich bete die Kinder an, wenn sie ganz klein, weiß und rosig sind. Ich sah nur meinen Sohn, ich lebte mit meinem Sohn, ich duldete nicht, daß seine Bonne ihn an- und auszog oder ihn umlegte. Diese Sorgen, die für die Mütter so langweilig sind, wenn sie ganze Regimenter von Kindern haben, waren für mich nichts als ein Vergnügen. Aber nach drei oder vier Jahren drang endlich, trotz der Sorgfalt, mit der man mir die Augen verband, da ich nicht gerade dumm bin, das Licht bis zu mir durch. Sehen Sie mich beim Erwachen, vier Jahre darauf, 1819! ›Die beiden feindlichen Brüder‹ sind eine Rosenwassertragödie neben einer Mutter und einer Tochter in unserer gegenseitigen Lage, neben der Herzogin und mir; da forderte ich sie beide, meine Mutter und meinen Gatten, durch öffentliche Koketterien heraus, über die die Welt geredet hat... Gott weiß, wie es ging! Sie begreifen, mein Freund, daß die Männer, mit denen man mich der Leichtfertigkeit verdächtigte, für mich den Wert eines Dolches hatten, dessen man sich bedient, um einen Feind zu treffen. Ich dachte nur an meine Rache und fühlte die Wunden nicht, die ich mir selber schlug. Ich war unschuldig wie ein Kind, und ich galt als eine perverse Frau, als die schlechteste Frau der Welt, und wußte nichts davon. Die Welt ist dumm, blind und unwissend; sie durchschaut nur die Geheimnisse, die sie amüsieren, die ihrer Bosheit dienen; die größten Dinge, die edelsten, die will sie nicht sehen, und deshalb hält sie sich die Hand vor die Augen. Aber mir ist, als müßte ich um jene Zeit Blicke gezeigt haben, Haltungen empörter Unschuld, Bewegungen des Hochmuts, deren Anblick für große Maler Glücksfälle gewesen wären. Ich muß Bälle durch die Gewitter meines Zornes, durch die Gießbäche meiner Verachtung erleuchtet haben. Verlorene Poesie! Solche Gedichte macht man nur in der Entrüstung, die uns mit zwanzig Jahren packt! Später entrüstet man sich nicht mehr; da wird man müde; man erstaunt nicht mehr über das Laster, man ist feige, man hat Angst. Ich, ich trieb es bunt, oh, sehr bunt! Ich spielte die dümmste Rolle der Welt: ich habe die Last des Verbrechens getragen, ohne seine Vorteile zu haben. Es machte mir so viel Vergnügen, mich zu kompromittieren. Ach, ich habe Kinderstreiche gespielt! Ich bin mit einem jungen Leichtfuß nach Italien gereist und habe ihn sitzen lassen, als er mir von Liebe sprach; aber als ich erfuhr, daß er sich um meinetwillen kompromittiert hatte – er hatte eine Fälschung begangen, um Geld zu bekommen –, da eilte ich herbei, um ihn zu retten. Meine Mutter und mein Gatte, die das Geheimnis dieser Dinge kannten, hielten mich wie eine verlorene Frau am Zügel. Oh, dies eine Mal bin ich bis vor den König gegangen. Selbst Ludwig XVIII., dieser Mann ohne Herz, war gerührt, er gab mir hunderttausend Franken aus seiner Privatschatulle. Der Marquis d'Esgrignon, der junge Mann, dem Sie vielleicht in der Gesellschaft schon begegnet sind und der schließlich noch eine sehr reiche Partie gemacht hat, wurde durch mich aus dem Abgrund gerettet, in den er sich gestürzt hatte. Dieses Abenteuer, das die Folge meines Leichtsinns war, brachte mich zur Überlegung. Ich merkte, daß ich selber das Opfer meiner Rache wurde. Meine Mutter, mein Gatte, mein Schwiegervater hatten die Welt für sich, sie schienen meine Torheiten zu decken. Meine Mutter, die wußte, daß ich zu stolz, zu groß, zu sehr eine Uxelles war, um mich vulgär zu benehmen, erschrak endlich vor dem Unheil, das sie angerichtet hatte. Sie war zweiundfünfzig Jahre alt; sie verließ Paris und zog nach Uxelles. Sie bereut ihr Unrecht jetzt; sie sühnt es durch die übertriebenste Frömmigkeit und durch eine grenzenlose Liebe zu mir. Aber 1823 ließ sie mich Herrn von Maufrigneuse von Angesicht zu Angesicht gegenüber allein. Oh, mein Freund, Sie Männer können nicht wissen, was ein alter Mann ist, der sich der Frauengunst erfreut. Was für ein häusliches Leben mußte der Mann führen, der an die Anbetung der Frauen der Gesellschaft gewöhnt war und der im Hause weder Weihrauch noch Räucherfaß vorfand? Ein Mann, der völlig tot ist und eben deshalb eifersüchtig! Ich wollte, als Herr von Maufrigneuse mir allein gehörte – ich wollte da eine gute Frau werden; aber ich stieß mich an all den Rauheiten eines vergrämten Geistes, an all den Launen der Ohnmacht, an den Kindereien der Albernheit, an all den Eitelkeiten der Selbstgefälligkeit, an dem Manne, der die langweiligste Elegie der Welt war und der mich wie ein kleines Mädchen behandelte, der sich darin gefiel, bei jeder Gelegenheit meine Eigenliebe zu demütigen, mich mit den Schlägen seiner Erfahrung niederzuschmettern, mir zu beweisen, daß ich nichts wüßte. Er verletzte mich mit jedem Augenblick. Kurz, er tat alles, um sich meinen Abscheu zu erwerben und mir das Recht zu geben, daß ich ihn verriete; ich aber ließ mich von meinem guten Herzen und von dem Verlangen danach, Gutes zu tun, drei oder vier Jahre hindurch täuschen! Wissen Sie, welches gemeine Wort mich zu neuen Torheiten trieb? Werden Sie jemals den Inbegriff aller Verleumdungen der Welt erfinden können? ›Die Herzogin von Maufrigneuse‹, sagte man, ›ist wieder auf ihren Gatten zurückgekommen!‹ ›Bah, aber nur aus Verderbtheit, es ist ein Triumph, die Toten zum Leben zu erwecken; etwas anderes blieb ihr ja nicht mehr übrig,‹ erwiderte meine beste Freundin, eine Verwandte, bei der ich das Glück hatte, Ihnen zu begegnen.« »Frau d'Espard!« rief Daniel mit einer Bewegung des Grauens. »Oh, ich habe ihr vergeben, mein Freund. Zunächst ist jenes Wort außerordentlich geistreich, und dann habe ich vielleicht selber grausamere Epigramme gegen arme Frauen geschleudert, die ebenso rein sind, wie ich es war.«

D'Arthez küßte noch einmal die Hand dieser heiligen Frau, die ihm erst eine in Stücke zerhackte Frau serviert und dann aus dem Fürsten von Cadignan, den wir kennen, einen dreifach wachsamen Othello gemacht hatte, um sich dann selber zu Brei zu schlagen und sich unrecht zu geben, damit sie sich in den Augen des naiven Schriftstellers mit jener Jungfräulichkeit decken konnte, die selbst die einfältigste Frau ihrem Liebhaber um jeden Preis aufzutischen sucht.

»Sie verstehen, mein Freund, daß ich mit Geräusch wieder in die Gesellschaft zurückkehrte, um Geräusch zu machen. Ich habe da neue Kämpfe geführt; ich mußte meine Unabhängigkeit erobern und Herrn von Maufrigneuse neutralisieren. Ich führte also aus andern Gründen ein Leben der Zerstreuung. Um mich zu betäuben, um das wirkliche Leben in einem phantastischen Leben zu vergessen, glänzte ich, gab Feste, spielte die Fürstin und machte Schulden. Zu Hause vergaß ich mich selber im Schlummer der Erschöpfung; für die Welt erstand ich von neuem in Schönheit, Lustigkeit und Tollheit; aber in diesem traurigen Kampf der Phantasie gegen die Wirklichkeit habe ich mein Vermögen verzehrt. Der Aufstand von 1830 fiel in den Augenblick, als ich am Ende dieses Daseins aus den Tausendundein Nächten der heiligen und reinen Liebe begegnete, die ich – ich bin offen! – kennen zu lernen wünschte. Geben Sie es zu! War das nicht natürlich bei einer Frau, deren Herz durch so viel Ursachen und Unglück bedrückt war und das in dem Alter erwachte, in dem die Frau sich betrogen fühlt, während ich mich doch zugleich von so viel Frauen umgeben sah, die durch die Liebe glücklich waren? Ach, weshalb hatte Michel Chrestien so viel Ehrfurcht? Darin lag für mich nochmals ein Hohn. Was wollen Sie! Als ich fiel, verlor ich alles, ich hatte über nichts mehr Illusionen; ich hatte alles ausgepreßt, nur eine Frucht noch nicht, an der ich jetzt keinen Geschmack mehr finde und für die ich keine Zähne mehr habe. Kurz, ich hatte meine volle Enttäuschung in der Welt gefunden, als ich die Welt verlassen mußte. Darin liegt etwas vom Wirken der Vorsehung, genau wie im Ersterben der Empfindung, das uns auf den Tod vorbereitet.« (Sie machte eine Geste voll religiöser Salbung.) – »Alles mußte mir damals helfen,« fuhr sie fort; »der Zusammenbruch der Monarchie und ihre Ruinen begruben mich mit. Mein Sohn tröstete mich über vieles hinweg. Die Mutterliebe ersetzt uns all die andern geheuchelten Empfindungen! Und die Welt wundert sich über meine Zurückgezogenheit; ich aber habe in ihr mein Glück gefunden. Oh, wenn Sie wüßten, wie glücklich hier das arme Geschöpf ist, das vor Ihnen sitzt! Indem ich meinem Sohne alles opfere, vergesse ich das Glück, das ich nicht kenne und das ich niemals kennen lernen werde. Wer würde es glauben, daß das Leben für die Fürstin von Cadignan aus einer argen Hochzeitsnacht besteht, und all die Abenteuer, die man ihr zuschreibt, aus der Herausforderung eines kleinen Mädchens an zwei furchtbare Leidenschaften? Niemand. Heute fürchte ich mich vor allem. Ohne Zweifel würde ich in der Erinnerung an so viel Falschheit und Unglück auch eine wahre Empfindung, irgendeine echte und reine Liebe zurückweisen, genau wie die Reichen, die von ein paar Schelmen geprellt worden sind, indem man ihnen das Elend vorheuchelte, auch tugendhaftes Unglück unbeachtet lassen, weil sie vor der Wohltätigkeit einen Abscheu bekommen haben. All das ist grauenhaft, nicht wahr? Aber glauben Sie mir, was ich Ihnen erzähle, das ist die Geschichte sehr vieler Frauen.«

Die letzten Worte wurden in einem Ton des Scherzes und der Leichtfertigkeit gesprochen, der an die elegante und spöttische Frau erinnerte. D'Arthez war verblüfft. In seinen Augen waren die Leute, die die Gerichte ins Bagno schicken, weil sie getötet, weil sie unter erschwerenden Umständen gestohlen, weil sie sich auf einem Wechsel in ihrem Namen geirrt haben, im Vergleich mit den Leuten der Gesellschaft kleine Heilige. Diese wilde Elegie, die geschmiedet war im Arsenal der Lüge und gehärtet in dem Wasser des Pariser Styx, war im unnachahmlichen Tonfall der Wahrheit hergesagt worden. Der Schriftsteller blickte die verehrungswürdige Frau einen Augenblick an, wie sie in ihrem Sessel versunken dasaß und wie ihre beiden Arme gleich zwei Tautropfen am Rande einer Blume über die beiden Armlehnen herabhingen; sie war gleichsam überwältigt von ihrer Enthüllung, gleichsam vernichtet dadurch, daß sie in der Erzählung alle Schmerzen ihres Lebens noch einmal empfunden hatte; kurz, sie war ein Engel der Melancholie.

»Und sagen Sie sich selbst,« fuhr sie fort, indem sie sich jäh aufrichtete, eine ihrer Hände hob und Blitze aus den Augen schleuderte, in denen zwanzig angeblich keusche Jahre flammten, »sagen Sie sich jetzt selbst, welchen Eindruck die Liebe Ihres Freundes auf mich machen mußte; und ist es nicht ein grauenhafter Hohn des Schicksals ... oder vielleicht Gottes ... denn damals, das gebe ich zu, hätte mich ein Mann ... aber ein Mann, der meiner würdig gewesen wäre, schwach gefunden, so sehr dürstete ich nach dem Glück! Nun, er starb und mußte sterben, indem er wem?... Herrn von Cadignan das Leben rettete! Da erstaunen Sie jetzt, daß Sie mich in Gedanken versunken finden!«

Das war der letzte Hieb, und der arme d'Arthez widerstand nicht länger; er warf sich auf die Knie, drückte den Kopf in die Hände der Fürstin hinein und weinte, vergoß jene süßen Tränen, die die Engel vergießen würden, wenn die Engel weinen könnten. Als Daniel so den Kopf senkte, konnte Frau von Cadignan ein boshaftes Lächeln des Triumphes über ihre Lippen irren lassen, ein Lächeln, das die Affen bei einem überlegenen Streich zeigen würden, wenn die Affen lachen könnten. ›Jetzt habe ich ihn!‹ dachte sie. Und sie hatte ihn wirklich.

»Sie sind...« sagte er, indem er seinen schönen Kopf hob und sie liebevoll ansah. »... Jungfrau und Märtyrerin,« beendete sie den Satz, indem sie über die Vulgarität dieses alten Scherzes lächelte und ihm doch durch dieses Lächeln voll grausamer Lustigkeit einen neuen, reizenden Sinn gab. »Wenn Sie mich lachen sehen, so liegt es daran, daß ich an die Fürstin denke, wie die Welt sie kennt, an jene Herzogin von Maufrigneuse, der man sowohl de Marsay wie den ehrlosen de Trailles – einen politischen Strauchdieb –, den kleinen Dummkopf d'Esgrignon und Rastignac, Rubempré und russische Gesandte und Minister und Generale zu eigen gibt und – was weiß ich – ganz Europa! Man hat über dieses Album geredet, das ich habe machen lassen, weil ich glaubte, die, die mich bewunderten, wären meine Freunde. Ach, es ist furchtbar. Ich verstehe nicht, daß ich einen Mann zu meinen Füßen dulde. Sie alle verachten, das sollte meine Religion sein.«

Sie stand auf und trat mit einem Schritt voll prunkvoller Beweggründe in die Nische des Fensters. D'Arthez setzte sich wieder in seinen Sessel, denn er wagte der Fürstin nicht zu folgen, aber er blickte ihr nach; er hörte, wie sie tat, als schneuze sie sich, ohne sich zu schneuzen. Wo wäre die Fürstin, die sich schneuzte? Diana versuchte das Unmögliche, um den Glauben an ihre Empfindung zu wecken. D'Arthez glaubte, sein Engel schwimme in Tränen; er eilte herbei, umfaßte sie und drückte sie an das Herz. »Nein, lassen Sie mich,« murmelte sie mit schwacher Stimme; »ich habe zuviel Zweifel, um noch zu irgend etwas gut zu sein. Mich mit dem Leben zu versöhnen, das ist eine Aufgabe, die die Kräfte eines Mannes übersteigt.« »Diana, ich, ich werde Sie für Ihr ganzes Leben lieben!« »Nein, reden Sie nicht so zu mir,« erwiderte sie. »Ich schäme mich und zittere, als hätte ich die größten Sünden begangen.«

Sie war wieder ganz zur Unschuld der kleinen Mädchen zurückgekehrt und zeigte sich nichtsdestoweniger erhaben, groß, edel wie eine Königin. Es ist unmöglich, die Wirkung dieses Kunstgriffes, der so geschickt gespielt wurde, daß er zur reinen Wahrheit wurde, – die Wirkung dieses Kunstgriffes auf eine unerfahrene und offene Seele wie die Daniels zu schildern. Der große Schriftsteller stand vor Bewunderung stumm und reglos in der Fensternische da; er erwartete ein Wort, während die Fürstin einen Kuß erwartete; aber sie war ihm zu heilig. Als die Fürstin zu frieren begann, nahm sie ihre Pose auf dem Sessel wieder ein; ihre Füße waren eiskalt. ›Es wird lange dauern!‹ dachte sie, indem sie Daniel mit erhobener Stirn und einem Gesicht voll Tugend ansah. ›Ist das eine Frau?‹ fragte sich der tiefe Beobachter des Menschenherzens. ›Wie soll ich mich ihr gegenüber verhalten?‹

Bis zwei Uhr morgens vertrieben sie sich die Zeit damit, daß sie sich jene Dummheiten sagten, wie geniale Frauen – und die Fürstin ist eine geniale Frau – sie so anbetungswürdig zu machen wissen. Diana behauptete, sie sei zu verbraucht, zu alt, zu verlebt; d'Arthez bewies ihr – wovon sie überzeugt war –, daß sie die zarteste Haut hätte; sie sei köstlich anzufassen, sie sei schneeweiß und duftend; sie selber aber sei ganz und gar noch jung und stehe in ihrer Blüte. Sie stritten über jede einzelne Schönheit, über jede Kleinigkeit, und zwar in Wendungen wie: ›Glauben Sie?‹ ›Sie sind wahnsinnig!‹ ›Das ist nur die Begierde!‹ ›In vierzehn Tagen werden Sie mich sehen, wie ich bin.‹ ›Kurz, ich bin bald vierzig; kann man eine so alte Frau noch lieben?‹ D'Arthez ließ eine stürmische Schülerberedsamkeit spielen, die gespickt war mit den übertriebensten Beiworten. Als die Fürstin hörte, wie dieser geistvolle Mann die Dummheiten eines verliebten Unterleutnants hersagte, hörte sie ihm mit zerstreuter Miene und ganz gerührt zu, aber innerlich lachte sie.

Als d'Arthez auf der Straße stand, fragte er sich, ob er nicht minder achtungsvoll hätte sein sollen. Er ging in seinem Gedächtnis noch einmal alle jene vertraulichen Mitteilungen durch, die hier natürlich stark abgekürzt worden sind – es hätte eines ganzen Bandes bedurft, um sie in ihrer Honigfülle und mit allen Begleitumständen wiederzugeben. Der rückblickende Scharfsinn des so natürlichen und tiefen Menschen wurde durch die Natürlichkeit dieses Romans, durch seine Tiefe und durch den Tonfall der Fürstin irregeführt.

›Wirklich,‹ sagte er sich, als er nicht einschlafen konnte, ›es gibt solche Dramen in der Welt; die Gesellschaft bedeckt solche Greuel mit der Blüte ihrer Eleganz, mit dem bunten Gewirk ihrer Nachrede, mit dem Witz ihrer Berichte. Wir erfinden stets nur die Wahrheit. Die arme Diana! Michel hatte dieses Rätsel vorausgeahnt, er sagte, es gäbe unter dieser Eisschicht Vulkane! Und Bianchon und Rastignac haben recht: wenn ein Mann die Größe des Ideals und die Genüsse der Begierden vereinigen kann, indem er eine Frau von guter Lebensart liebt, eine Frau von Geist und Takt, so muß das ein namenloses Glück sein.‹ Und er sondierte in seinem Innern seine Liebe und fand, daß sie unendlich war.

Am folgenden Tage kam, getrieben von einem Übermaß der Neugier, Frau d'Espard, die die Fürstin seit mehr als einem Monat nicht mehr gesehen und kein einziges verräterisches Wort von ihr gehört hatte. Nichts konnte lustiger sein, als die erste halbe Stunde der Unterhaltung dieser beiden feinen Schlangen. Diana d'Uxelles hütete sich davor, von d'Arthez zu reden, wie sie sich davor hütete, ein gelbes Kleid zu tragen. Die Marquise schweifte um dieses Thema herum, wie ein Beduine eine reiche Karawane umschweift. Diana amüsierte sich, die Marquise war wütend. Diana wartete; sie wollte ihre Freundin ausnutzen und sich in ihr einen Jagdhund schaffen. Von diesen beiden in der gegenwärtigen Gesellschaft so berühmten Frauen war die eine stärker als die andere. Die Fürstin überragte die Marquise um Haupteslänge, und die Marquise erkannte innerlich diese Überlegenheit an. Vielleicht lag darin das Geheimnis dieser Freundschaft. Die Schwächere schmiegte sich in ihre falsche Anhänglichkeit hinein, um der von allen Schwachen so lange erharrten Stunde zu warten, in der sie der Stärkeren an die Kehle springen konnte, um ihr das Mal eines frohlockenden Bisses aufzuprägen. Diana sah das sehr wohl. Die ganze Welt ließ sich von den Schmeicheleien dieser beiden Freundinnen täuschen.

In dem Augenblick, als die Fürstin auf den Lippen ihrer Freundin die Frage erkannte, sagte sie: »Nun, meine Liebe, ich verdanke Ihnen ein vollkommenes, unermeßliches, unendliches, himmlisches Glück.« »Was wollen Sie damit sagen?« »Entsinnen Sie sich, was wir vor drei Monaten in diesem kleinen Garten auf der Bank und im Sonnenschein unter dem Jasmin besprachen? Ach, nur die genialen Männer verstehen zu lieben. Gern würde ich auf meinen Daniel d'Arthez das Wort des Herzogs von Alba an Katharina von Medici anwenden: ›Der Kopf eines einzigen Salms wiegt die Köpfe aller Frösche auf.‹« »Ich wundere mich nicht mehr darüber, daß ich Sie niemals sehe,« sagte Frau d'Espard. »Versprechen Sie mir, wenn Sie ihn sehen, ihm kein Wort über mich zu sagen, mein Engel,« sagte die Fürstin, indem sie die Marquise bei der Hand ergriff. »Ich bin glücklich, oh, glücklich über alle Worte hinaus, und Sie wissen ja, wie weit in der Gesellschaft ein Wort, ein Scherz gehen kann! Ein Wort tötet, so viel Gift kann man hinein tun! Wenn Sie wüßten, wie sehr ich Ihnen seit acht Tagen eine gleiche Leidenschaft gewünscht habe! Kurz, es ist süß, es ist ein schöner Triumph für uns Frauen, unser Frauenleben in einer glühenden, reinen, hingebenden, ganzen Liebe zu beschließen und in ihr einzuschlafen, zumal wenn man sie so lange gesucht hat.« »Weshalb bitten Sie mich, meiner besten Freundin treu zu sein?« fragte Frau d'Espard. »Halten Sie mich für fähig, Ihnen einen schlimmen Streich zu spielen?« »Wenn eine Frau einen solchen Schatz besitzt, so ist die Furcht, ihn zu verlieren, eine so natürliche Empfindung, daß sie Gedanken der Furcht einflößt. Ich bin absurd, vergeben Sie mir, meine Liebe.«

Ein paar Minuten darauf ging die Marquise; und als die Fürstin sie gehen sah, sprach sie bei sich selber: ›Wie sie mich zurichten wird! Und wenn sie nur alles über mich sagen möchte! Doch um ihr die Mühe zu ersparen, daß sie Daniel hier erst herausreißen muß, werde ich ihn zu ihr schicken.‹

Um drei Uhr, nur ein wenig später, kam d'Arthez. Mitten in einer interessanten Rede schnitt die Fürstin ihm das Wort ab, indem sie ihm die schöne Hand auf den Arm legte. »Verzeihung, mein Freund,« sagte sie, indem sie ihn unterbrach, »aber ich würde vergessen, was ich sagen wollte; es scheint eine Albernheit zu sein und ist doch von der höchsten Wichtigkeit. Sie haben seit dem tausendfach glücklichen Tage, an dem ich Ihnen begegnet bin, keinen Fuß mehr in Frau d'Espards Haus gesetzt; gehen Sie hin, nicht um Ihretwillen und auch nicht aus Höflichkeit, sondern um meinetwillen. Vielleicht haben Sie sie mir zur Feindin gemacht, wenn sie zufällig erfahren haben sollte, daß Sie seit ihrem Diner sozusagen mein Haus nicht mehr verlassen haben. Übrigens, mein Freund, möchte ich nicht zusehen müssen, wie Sie Ihre Beziehungen und die Gesellschaft oder Ihre Arbeiten und Werke vernachlässigen. Ich würde noch einmal bis zum Äußersten verleumdet werden. Was würde man nicht alles sagen? Ich führte Sie am Gängelband, ich saugte Sie auf, ich fürchtete Vergleiche, ich wollte noch einmal von mir reden machen, ich wisse, wie ich meine Eroberung zu sichern habe, da ich ja nicht verkennen könne, daß es die letzte sei! Wer könnte erraten, daß Sie mein einziger Freund sind? Wenn Sie mich so sehr lieben, wie Sie mich zu lieben vorgeben, werden Sie der Welt den Glauben beibringen, daß wir ganz einfach Bruder und Schwester sind. Fahren Sie fort.«

D'Arthez wurde durch die unsägliche Ruhe, mit der die anmutige Frau ihr Kleid zurechtlegte, damit es elegant zu falle, auf ewig in Zucht genommen. In dieser Rede lag irgend etwas Feines, Zartes, was ihn bis zu Tränen rührte. Die Fürstin ließ all die bürgerlichen und unedlen Dinge der Frauen, die sich auf einer Ottomane Stück für Stück wehren und streitig machen, weit hinter sich; sie entfaltete eine unerhörte Größe; sie brauchte es nicht erst zu sagen: die Vereinigung ergab sich zwischen ihnen in edler Selbstverständlichkeit. Es war weder gestern gewesen, noch sollte es morgen oder heute sein; es würde kommen, wenn sie beide es wollen würden; ohne die endlosen Heftpflaster dessen, was vulgäre Frauen ein Opfer nennen; ohne Zweifel wissen sie, was sie dabei zu verlieren haben, während dieses Fest für die Frauen, die gewiß sind, dabei zu gewinnen, ein Triumph ist. In jenem Satz war alles unbestimmt wie ein Versprechen, süß wie eine Hoffnung und doch gewiß wie ein Recht. Geben wir es offen zu: diese Art der Größe findet sich nur bei jenen erlauchten und wunderbaren Betrügerinnen; sie bleiben auch da noch königlich, wo die andern Frauen Untertaninnen werden. Jetzt konnte d'Arthez den Abstand zwischen diesen Frauen und den anderen ermessen. Die Fürstin zeigte sich stets würdig und schön. Das Geheimnis dieses Adels liegt vielleicht in der Kunst, mit der die großen Damen sich ihrer Schleier zu entkleiden wissen; es gelingt ihnen, in dieser Situation den antiken Statuen zu gleichen; wenn sie noch einen Fetzen auf dem Körper behielten, so wären sie schamlos. Die Bürgersfrau sucht sich immer einzuhüllen.

Da d'Arthez in Zärtlichkeit eingesponnen war und durch die glänzendsten Tugenden gestützt wurde, so gehorchte er und ging zu Frau d'Espard, die ihre reizendsten Koketterien für ihn spielen ließ. Die Marquise hütete sich, d'Arthez auch nur ein Wort über die

Fürstin zu sagen; aber sie bat ihn, an einem der nächsten Tage bei ihr zu speisen.

D'Arthez fand an diesem Tage zahlreiche Gesellschaft vor. Die Marquise hatte Rastignac, Blondet, den Marquis d'Ajuda-Pinto, Maxime de Trailles, den Marquis d'Esgrignon, die beiden Vandenesse, du Tillet, einen der reichsten Bankiers von Paris, den Baron von Nucingen, Nathan, Lady Dudley, zwei der verräterischsten Gesandtschaftsattachés und den Chevalier d'Espard, einen der tiefsten Männer dieses Salons, der die Hälfte der Politik seiner Schwägerin bedeutete, eingeladen.

Lachend sagte Maxime de Trailles zu d'Arthez: »Sie sehen die Fürstin von Cadignan sehr oft?« D'Arthez senkte zur Antwort auf diese Frage trocken den Kopf. Maxime de Trailles war ein ›Bravo‹ von höchstem Rang; ein Mann ohne Glauben noch Gesetz, der zu allem imstande war und die Frauen, die sich an ihn hingen, zugrunde richtete, indem er sie trieb, ihre Diamanten zu verpfänden; dabei deckte er dieses Verhalten mit einem glänzenden Firnis, mit reizenden Umgangsformen und satanischem Witz zu. Er flößte allen gleichermaßen Furcht und Verachtung ein; da aber niemand verwegen genug war, ihm andere als die höflichsten Gesinnungen zu zeigen, so merkte er vielleicht nichts davon, oder er ging auf die allgemeine Verstellung ein. Er verdankte dem Grafen de Marsay die letzte Erhöhung, die er erreichen konnte. De Marsay, der Maxime seit langem kannte, hatte in ihm die Begabung für gewisse geheime diplomatische Unterhandlungen erkannt, mit denen man ihn betraute und die er ausgezeichnet durchführte. D'Arthez war seit einiger Zeit genügend mit den Geschäften der Politik in Berührung gekommen, um diesen Mann gründlich zu durchschauen; und er allein stand vielleicht seinem Charakter nach hoch genug, um laut auszusprechen, was alle leise dachten.

»Deshalb gommt er auch so fenig in die Gammer,« sagte der Baron von Nucingen. »Ei, die Fürstin ist eine der gefährlichsten Frauen, deren Haus ein Mann betreten kann,« rief der Marquis d'Esgrignon leise; »ich verdanke ihr die Gemeinheit meiner Ehe.« »Gefährlich?« fragte Frau d'Espard; »reden Sie nicht so von meiner besten Freundin. Ich habe von der Fürstin niemals etwas erfahren oder gesehen, was sich nicht mit der erhabensten Gesinnung vertrüge.«

»Lassen Sie den Marquis doch reden,« sagte Rastignac. »Wenn ein Mann von einem hübschen Pferd aus dem Sattel geworfen wird, so findet er auch Fehler an ihm; und er verkauft es.«

Durch dieses Wort verletzt, sah der Marquis d'Esgrignon d'Arthez an und sagte: »Ich hoffe doch, daß der Herr mit der Fürstin nicht in einem Verhältnis steht, das uns hindern könnte, über sie zu reden?« D'Arthez bewahrte Schweigen. D'Esgrignon, der nicht ohne Geist war, entwarf Rastignac zur Antwort ein verteidigendes Bild der Fürstin, das die ganze Tafel in gute Laune brachte. Da diese Spötterei d'Arthez vollkommen unverständlich blieb, so neigte er sich zur Frau von Montcornet, seiner Nachbarin, und fragte sie nach dem Sinn dieser Scherze. »Nun, außer Ihnen – ich schließe das aus der guten Meinung, die Sie von der Fürstin haben – so sagt man, haben alle Gäste ihre Gunst genossen.« »Ich kann Ihnen versichern, daß an dieser Meinung kein Wort wahr ist,« erwiderte Daniel. »Und doch sehn Sie da Herrn d'Esgrignon, einen Edelmann aus der Perche, der sich vor zwölf Jahren um ihretwillen vollständig ruinierte; fast hätte er für sie das Schafott besteigen müssen.« »Ich kenne diese Geschichte,« sagte d'Arthez; »Frau von Cadignan hat Herrn d'Esgrignon vor dem Schwurgericht gerettet, und so lohnt er es ihr heute!«

Frau von Montcornet blickte d'Arthez mit fast stumpfsinniger Verwunderung und Neugier an; dann hob sie den Blick auf Frau d'Espard und zeigte auf ihn, als wollte sie sagen: »Er ist umgarnt!« Während dieser kurzen Unterhaltung wurde Frau von Cadignan durch Frau d'Espard gedeckt; aber diese Deckung glich dem Blitzableiter, der den Blitz anzieht. Als d'Arthez sich der allgemeinen Unterhaltung wieder zuwandte, hörte er, wie eben Maxime de Trailles folgendes Wort vom Stapel ließ: »Bei Diana ist die Verderbtheit keine Wirkung, sondern eine Ursache; vielleicht verdankt sie dieser Ursache ihr wundervolles Naturell; sie sucht nicht, sie erfindet nichts; sie bietet einem die durch raffiniertes Studium gefundenen Dinge als eine Eingebung der naivsten Liebe dar, und es ist jedem unmöglich, ihr nicht zu glauben.« Dieser Satz, der eigens für einen Mann von der Bedeutung Daniels vorbereitet zu sein schien, stand so festgefügt da, daß er gleichsam die Entscheidung brachte. Alle ließen die Fürstin fallen; sie schien abgetan zu sein. D'Arthez aber blickte de Trailles und d'Esgrignon spöttisch an. »Das größte Unrecht dieser Frau besteht darin, daß sie den Männern ins Gehege kommt,« sagte er. »Gleich ihnen vergeudet sie ihre Eigengüter; sie schickt ihre Liebhaber zu Wucherern, sie verzehrt Mitgifte, sie richtet Waisen zugrunde, sie schmilzt alte Schlösser ein, sie regt Verbrechen an und begeht sie vielleicht gar selber; aber ...« Nie hatte einer der beiden Männer, an die d'Arthez sich wandte, etwas gleich Kräftiges gehört. Doch dieses ›aber‹ verblüffte die ganze Tafel; all die Gäste saßen da, die Gabel in der Luft und die Augen abwechselnd auf den mutigen Schriftsteller und die Meuchelmörder der Fürstin geheftet; man harrte in furchtbarem Schweigen des Schlusses. »Aber«, fuhr d'Arthez in spöttisch leichtem Tone fort, »die Frau Fürstin hat vor den Männern eines voraus: wenn man sich um ihretwillen in Gefahr begeben hat, so rettet sie einen und redet über niemand Arges. Weshalb sollte sich in der großen Zahl nicht auch einmal eine Frau finden, die sich über die Männer amüsiert, wie die Männer sich über die Frauen amüsieren? Weshalb sollte das schöne Geschlecht nicht von Zeit zu Zeit Revanche nehmen? ...«

»Das Genie ist stärker als der Witz,« sagte Blondet zu Nathan.

Diese Lawine von Epigrammen wirkte wie das Feuer einer Kanonenbatterie gegen ein Gewehrfeuer. Man wechselte schleunigst das Thema. Weder der Graf de Trailles noch der Marquis d'Esgrignon schienen geneigt, sich mit d'Arthez zu zanken. Als der Kaffee serviert wurde, traten Blondet und Nathan in einer Eile zu dem Schriftsteller, die niemand nachzuahmen wagte; so schwierig war es, die Bewunderung, die sein Verhalten einflößte, mit der Furcht davor in Einklang zu bringen, daß man sich zwei mächtige Feinde schaffen konnte.

»Nicht erst heute erfahren wir, daß Ihr Charakter an Größe Ihrem Talent gleichkommt,« sagte Blondet. »Sie haben sich da nicht als Mann gezeigt, sondern als Gott. Sich weder von seinem Herzen noch von seiner Phantasie fortreißen zu lassen; nicht die Verteidigung einer geliebten Frau zu ergreifen – ein Mißgriff, den man von Ihnen erwartete und worüber diese von Eifersucht auf den literarischen Ruhm verzehrte Gesellschaft triumphiert hätte –, oh, erlauben Sie mir, es offen auszusprechen, das ist der Inbegriff aller privaten Politik.« »Sie sind ein Staatsmann,« sagte Nathan. »Es ist ebenso fein wie schwierig, eine Frau zu rächen, ohne daß man sie verteidigt.« »Die Fürstin ist eine der Heroinen der legitimistischen Partei; ist es nicht für jeden Mann von Herz eine Pflicht, sie ›trotz allem‹ zu decken?« erwiderte d'Arthez kühl. »Was sie für die Sache ihrer Herren getan hat, würde das tollste Leben entschuldigen.«

»Er spielt vorsichtig,« sagte Nathan zu Blondet. »Gerade als verlohnte die Fürstin der Mühe!« erwiderte Rastignac, der zu ihnen getreten war.

D'Arthez ging zu der Fürstin, die ihn unter den Qualen der größten Ängste erwartete. Das Ergebnis des Experiments, das Diana selber herbeigeführt hatte, konnte ihr verhängnisvoll werden. Zum erstenmal in ihrem Leben litt diese Frau in ihrem Herzen und schwitzte in ihrem Kleide. Sie wußte nicht, was sie beginnen sollte, wenn d'Arthez der Welt glaubte, die die Wahrheit sagte, statt ihr zu glauben, obwohl sie log; denn niemals war ihr ein so schöner Charakter, ein so vollkommener Mann, eine so reine Seele, ein so naives Gewissen unter die Hände geraten. Wenn sie so grausame Lügen gesponnen hatte, so hatte das Verlangen sie getrieben, die echte Liebe kennen zu lernen. Diese Liebe fühlte sie in ihrem Herzen keimen, sie liebte d'Arthez; sie war dazu verurteilt, ihn zu täuschen, denn sie wollte für ihn die wundervolle Schauspielerin bleiben, die in seinen Augen Komödie gespielt hatte. Als sie Daniels Schritt im Speisezimmer vernahm, rüttelte die Erregung, das Zittern sie bis in die Untergründe ihres Lebens hinein wach. Diese Erregung, die sie während des für eine Frau ihres Ranges abenteuerlichsten Lebens niemals gespürt hatte, sagte ihr jetzt, daß sie ihr Glück aufs Spiel gesetzt hatte. Ihre Augen, die ins Leere blickten, umfingen den ganzen d'Arthez; sie sah durch seine Fleischeshülle hindurch und las in seiner Seele; der Argwohn hatte ihn mit seinen Fledermausflügeln nicht einmal gestreift! Die furchtbare Erregung der Angst führte den Rückschlag herbei; die Freude hätte die glückliche Diana fast erstickt; denn es gibt kein Geschöpf, das nicht mehr Kraft besäße, wenn es gilt, Kummer zu ertragen, als wenn es gilt, dem höchsten Glück standzuhalten.

»Daniel, man hat mich verleumdet, und du hast mich gerächt!« rief sie aus, indem sie aufstand und ihm die offenen Arme entgegenhielt. Daniel ließ in dem tiefen Staunen über dieses Wort, dessen Wurzeln ihm unsichtbar blieben, seinen Kopf von zwei schönen

Händen ergreifen; und die Fürstin küßte ihn keusch auf die Stirn. »Woher haben Sie das erfahren? ...« »O du erlauchter Tropf! Siehst du denn nicht, daß ich dich bis zum Wahnsinn liebe?«

Seit diesem Tage ist weder von der Fürstin noch von d'Arthez ferner die Rede gewesen. Die Fürstin hat von ihrer Mutter ein kleines Vermögen geerbt; sie verbringt all ihre Sommer mit dem großen Schriftsteller in einer Villa zu Genf und kehrt nur im Winter auf einige Monate nach Paris zurück. D'Arthez läßt sich nur noch in der Kammer sehen. Seine Veröffentlichungen sind außerordentlich selten geworden. Ist das eine Lösung? Für alle Leute von Geist: ja; für jene, die alles wissen wollen: nein.

Über tradition

Eigenes Buch veröffentlichen

tradition wurde 2006 in Hamburg gegründet und hat seither mehrere tausend Buchtitel veröffentlicht. Autoren veröffentlichen in wenigen leichten Schritten gedruckte Bücher, e-Books und audio-Books. tradition hat das Ziel, die beste und fairste Veröffentlichungsmöglichkeit für Autoren zu bieten.

tradition wurde mit der Erkenntnis gegründet, dass nur etwa jedes 200. bei Verlagen eingereichte Manuskript veröffentlicht wird. Dabei hat jedes Buch seinen Markt, also seine Leser. tradition sorgt dafür, dass für jedes Buch die Leserschaft auch erreicht wird.

Im einzigartigen Literatur-Netzwerk von tradition bieten zahlreiche Literatur-Partner (das sind Lektoren, Übersetzer, Hörbuchsprecher und Illustratoren) ihre Dienstleistung an, um Manuskripte zu verbessern oder die Vielfalt zu erhöhen. Autoren vereinbaren direkt mit den Literatur-Partnern die Konditionen ihrer Zusammenarbeit und partizipieren gemeinsam am Erfolg des Buches.

Das gesamte Verlagsprogramm von tradition ist bei allen stationären Buchhandlungen und Online-Buchhändlern wie z. B. Amazon erhältlich. e-Books stehen bei den führenden Online-Portalen (z. B. iBookstore von Apple oder Kindle von Amazon) zum Verkauf.

Einfach leicht ein Buch veröffentlichen: **www.tredition.de**

Eigene Buchreihe oder eigenen Verlag gründen

Seit 2009 bietet tredition sein Verlagskonzept auch als sogenanntes "White-Label" an. Das bedeutet, dass andere Unternehmen, Institutionen und Personen risikofrei und unkompliziert selbst zum Herausgeber von Büchern und Buchreihen unter eigener Marke werden können. tredition übernimmt dabei das komplette Herstellungs- und Distributionsrisiko.

Zahlreiche Zeitschriften-, Zeitungs- und Buchverlage, Universitäten, Forschungseinrichtungen u.v.m. nutzen diese Dienstleistung von tredition, um unter eigener Marke ohne Risiko Bücher zu verlegen.

Alle Informationen im Internet: **www.tredition.de/fuer-verlage**

tredition wurde mit mehreren Innovationspreisen ausgezeichnet, u. a. mit dem Webfuture Award und dem Innovationspreis der Buch Digitale.

tredition ist Mitglied im Börsenverein des Deutschen Buchhandels.

Dieses Werk elektronisch lesen

Dieses Werk ist Teil der Gutenberg-DE Edition DVD. Diese enthält das komplette Archiv des Projekt Gutenberg-DE. Die DVD ist im Internet erhältlich auf **http://gutenbergshop.abc.de**